용기 없는 일주일

정은숙 장편소설

용기 없는 일주일

창비

차례

프롤로그

월요일 낮 1시 10분. 신호에 걸려 브레이크를 밟는데 배에서 꼬르륵 소리가 났다. 배달이 밀려 점심도 아직 먹지 못했다. 서대문구 매장 앞 도로가 사고로 꽉 막혔던 터라 차를 빼는 데 십오 분이나 허비했다.

"코너에 그따위로 주차를 해 놓으면 어떡하느냐고? 그러니 사고가 안 나?"

코너를 돌자마자 불법 주차해 놓은 차가 나타나는 바람에 승용차들이 줄줄이 부딪친 사고였다. 사고 소리에 놀라 나온 차 주인은 찌그러진 자신의 차를 보더니 얼굴이 하얘지며 수입 차인 거 안 보이느냐, 운전을 발로 하느냐며 되레 큰소리를 질러 댔다. 방귀

뀐 놈이 성낸다더니 딱 그 짝이었다.

다행히 환희 아빠는 급브레이크를 밟아 사고를 면할 수 있었다. 하지만 하느님, 부처님 감사합니다 하고 기도를 올린 것도 잠시뿐이었다. 사고 현장을 겨우 빠져나왔지만 빵을 배달해야 하는 편의점 앞이 바로 사고 지점이라 그쪽에 차를 댈 수 없었다. 환희 아빠는 결국 멀찍이 떨어진 곳에 주차한 뒤 빵 상자를 어깨에 메고 날라야 했다. 편의점 옆 분식집에서 점심으로 순두부를 먹으려던 계획도 사고 때문에 어그러졌다.

아침도 제대로 못 먹은 환희 아빠는 배가 등짝에 달라붙을 지경이었고, 또다시 불법 주차한 운전자에 대해 울화통을 터뜨렸다.

"수입 차면 아무 데다 주차해도 되는 줄 아나? 거기가 어디라고 차를 대? 하여간 개나 소나 면허 따고, 돈 좀 있으면 차를 사니까 이런 일이 생기는 거 아니야. 애초에 운전면허부터 까다롭게 발급해야 돼. 국영수 과목으로 시험을 보든가……."

말을 하다 말고 환희 아빠는 입을 다물었다. 국영수 시험을 보다니, 큰일 날 소리였다. 개나 소나 따는 면허였기에 환희 아빠도 가질 수 있었다. 보는 이도 없는데 괜히 멋쩍어 머리를 긁어 댔다. 감지 못한 머리에서 쿰쿰한 쉰내가 났다.

점심도 먹기 전인데 졸음이 밀려왔다. 밤낮이 바뀐 환희가 밤새 칭얼거린 탓에 어젯밤에도 잠을 설쳤다. 태어난 지 겨우 두 달 된 아기가 낮 시간 내내 운전대를 잡아야 하는 아빠의 사정까지 고려

하며 잠투정을 하지는 못할 테니 나무랄 수도 없는 노릇이었다. 환희 아빠가 입을 벌려 하품을 쩍 했다. 그리고 졸음을 쫓으려 라디오 볼륨을 높였다.

"이번 코너는 시사 돋보기입니다. 세상에, 대학까지 필요한 육아 비용이 이 억이라네요."

즐겨 듣는 라디오 방송의 디제이가 깜짝 놀라며 오늘의 뉴스를 말했다. 유명한 경제 연구소에서 조사한 내용이라니 아주 틀린 내용은 아닐 테지만 도무지 믿을 수 없을 만큼 큰 금액이었다.

'가만있자, 내 월급이 이백팔십만 원인데 도대체 몇 년을 모아야 이 억이 되는 거야?'

가뜩이나 수학을 싫어했던 환희 아빠는 한참 동안 머리를 굴려 계산하다가 육 년쯤 걸린다는 사실을 확인하곤 입을 쩍 벌렸다. 그나마 한 푼도 안 쓰고 모아야 가능하지 생활비 쓰고 남은 돈을 저축한다면 이십 년이 가도 못 모을 액수였다. 라디오 디제이처럼 세상에, 소리가 절로 나왔다. 이 계산대로라면 환희 동생은 꿈도 못 꿀 노릇이었다. 아니, 사십 줄을 앞두고 겨우 얻은 환희 하나도 제대로 못 키울 형편이었다. 다시 꼬르륵 소리가 들렸지만 환희 아빠는 고개를 가로저었다. 밥 먹을 시간이 어디 있나 싶었다. 어서 배달을 끝내고 아기 얼굴을 볼 기대에 환희 아빠는 액셀을 밟았다. 학교 앞이니 서행하라는 내비게이션의 소리도 한 귀로 듣고 흘렸다. 하지만 전방을 아예 무시한 건 아니었다. 조금 떨어진 곳에 횡단보도가 있었고 그 끝에 교복을 입은 학생이 얌전히 신호를 기다리고 있었다. 환희 아빠는 조금만 더 가속하면 신호가 바뀌기 전에 횡단보도를 지날 수 있을 거라 예상했다. 어서 가자!

환희 아빠가 액셀을 밟고 있는 오른발에 힘을 잔뜩 주고 있을 때 갑자기 학생이 움직였다.

"어, 저 새끼 뭐야?"

배고픔도 졸음도 모두 잊어버린 환희 아빠가 급하게 브레이크를 밟았다.

미스터 골초 씨는 점심 식사를 하러 들른 식당에서부터 기분이 상했다.

'식자잿값 인상으로 부득이하게 백반 가격을 천 원 올리게 되었습니다. 많은 양해 바랍니다.'

육천 원 하던 오늘의 백반 가격이 천 원이나 올랐다. 그래도 지난 삼 년간 음식값을 올리지 않아 인근에서 가장 싼 점심이란 걸 알면서도 생돈이 나가는 듯했다. 기분 탓인지 해물 순두부의 건더기도 유난히 적어 보였다.

점심을 먹고 난 후 기분을 달래려 점퍼 주머니에서 담뱃갑을 꺼내는데 옆에 있던 김 대리가 저도 하나 주세요, 하고 말했고 한 개비를 꺼내 주고 보니 아예 빈 갑이었다. 그렇다고 치사하게 이미 건넨 담배를 다시 달랄 수도 없어 괜찮다며 편의점으로 왔지만, 제

돈 내고 사면 될걸 늘 한 개비만 달라며 구걸하는 김 대리의 궁색함에 얼굴이 펴지지 않았다. 뭐 저런 비매너가 다 있담. 혼잣말을 하느라 자신도 알바생에게 담배를 요청하며 반말로 지껄였다는 건 알지 못했다. 알바생이 잽싸게 거스름돈을 내주고 다음 손님 물건을 계산하는 동안에도 미스터 골초 씨는 계산대 앞을 떠나지 않았다. 백반값과 담뱃값 인상으로 언짢았고, 이 정도 일로 기분 나쁘다는 사실에 자존심이 상했다. 그래서 미스터 골초 씨는 특별히 담뱃값 인상에 대해 한마디 하고 싶었다.

"뭐, 국민의 건강을 위해 담뱃값을 인상했다고? 아예 엄두가 안 날 정도로 비싸게 올렸으면 말을 안 해. 조금 무리하면 피울 수 있겠다 싶게, 딱 그만큼만 인상한 거잖아. 안 그러냐?"

알바생은 어정쩡하게 고개를 끄덕이면서도 대답은 하지 않았다. 이런 '진상' 손님을 많이 상대해 본 솜씨였다. 고개 끄덕임을 대화로 이해했는지 미스터 골초 씨는 인터넷을 통해 알아낸 얄팍한 지식을 알바생에게 떠들어 댔다.

"담뱃값이 말이야, 설문 조사를 통해 정해졌단 거 알고 있어? 꽤 여러 명에게 담뱃값이 얼마일 때 금연을 시작하겠느냐 설문 조사를 한 뒤에 이 정도면 금연을 하겠다고 나온 대답보다 약간 적은 금액으로 담뱃값을 정했다잖아. 딱 끊기 어렵게 올렸단 말이지. 이게 뭐냐고, 국민을 호구로 아는 거지? 그러면 생색이라도 내지 말든가, 어디서 국민 건강을 위한 결단이라고 구라를 쳐?"

알바생은 짐짓 피곤한 듯 작게 하품을 했다. 너야말로 나를 호구로 아니, 그만 떠들어 대고 나가라, 이런 말을 대신하는 행동이었다.

알바생이 노골적으로 귀찮은 표정을 짓자 미스터 골초 씨는 자신의 주책없는 수다가 부끄러워졌다. 하여 무심히 창밖으로 시선을 돌렸다. 비매너 김 대리의 모습은 보이지 않았고, 미스터 골초 씨가 떠들어 대는 동안 계산을 하고 나간 학생이 횡단보도 앞에서 있었다.

교복을 입은 걸 보면 중학생은 됐을 텐데, 참 체격이 작구나 싶었다. 그러면서 왜 중학생이 점심시간에 밖에 있나, 이 학교는 교문 출입이 자유로운가 하는 호기심도 생겼다. 원래 남 일에 참견을 잘하는 미스터 골초 씨는 학생을 유심히 바라봤다. 학생은 뒷목 뼈가 드러날 정도로 고개를 깊이 숙인 채였다. 휴대폰이라도 들여다보나 싶었다. 뭐가 그리 재미있는 걸까? 슬그머니 학생 옆으로 다가가 볼까 망설이는데 갑자기 학생이 횡단보도로 뛰어들었다.

"어머, 재 왜 저래? 어이, 학생!"

미스터 골초 씨가 큰 소리로 불렀을 때 학생의 몸은 달려온 트럭에 부딪혀 붕 떠오른 상태였다.

사건 발생 1일째

보미

박용기 소식을 들었을 때 보미는 한순간 자살이라 생각했다. 하지만 아니었다. 박용기는 학교 앞에서 교통사고를 당한 거였다. 5교시는 과학실에서 모둠별로 하는 실험 수업이어서 다른 모둠인 박용기가 수업에 빠진 것도 몰랐었다. 6교시 체육 시간에 키 순서대로 줄을 서면서 그제야 박용기가 빠진 자리가 보였고, 종례 들어온 담임을 통해 사고 소식을 듣게 됐다.

수업 때문에 병원에 가 보지 못했다며, 어쩌면 부상 정도가 꽤 클지도 모르겠다는 담임의 얼굴이 심각했다. 외까풀의 작은 눈을 감추려 아이라인을 크게 그린 담임의 눈 화장은 제자의 사고 소식을 전하기엔 지나치게 우스꽝스러웠다. 삼십 대 중반이라 하던데, 그 나이면 외까풀 눈을 받아들일 때도 되지 않았을까? 혹은 수술을 선택하거나. 담임은 '돌싱' 아니면 '골드 미스'라는 떠도는 소문에도 눈 하나 깜짝 않고 자신의 사생활에 대해 철저하게 노코멘트로 일관했는데 눈 화장에서도 그런 고집이 느껴졌다. '쿵푸 팬더' 여동생쯤으로 보이는 진한 아이라인은 담임의 성격을 그대로 보여 줬다.

"혹시 위험한 상태인가요?"

뒷줄에 앉은 오재열이 파랗게 질린 얼굴로 물었다. 괴롭힐 땐 언제고 걱정하는 척은?

"생명엔 지장이 없다고 하는데 부상 정도는 병원에 갔다 와서 내일 말해 줄게."

담임의 대답이 끝나자마자 오재열 얼굴에 미소가 피어올랐다. 뭐야, 죽지만 않으면 된다는 뜻이야? 개념 없는 자식! 보미는 그사이를 못 참고 옆 친구와 히죽거리는 오재열을 향해 눈을 흘겼다. 그러고 다시 앞으로 고개를 돌리다 강우주를 보게 됐다. 일그러진 표정으로 입술을 곱씹고 있었다. 쟤는 또 왜 저래?

소년 소녀 서른 명이 모여 있는 2학년 4반 교실은 하루도 조용할 날이 없었다. 그건 옆 반인 3반과 5반도 마찬가지였다. 열다섯 살은 불량 마그마가 출렁이는 위험천만한 나이였다. 언제든 화산이 폭발해도 이상하지 않은…….

화요일 아침, 박용기의 자리는 당연히 비어 있었지만 쓸모없는 레고 블록 하나가 빠진 것처럼 아무렇지 않았다. 그게 이상한 거라고 비난하면 할 말 없지만 보미는 그렇게 느꼈다. 하지만 박용기의 빈자리는 화산 폭발 전의 지각 변동처럼 소리 없이 강한 충격을 숨기고 있었다.

아침 조회 시간에 들어온 담임이 인사를 하려고 일어서는 학급 회장에게 됐어, 하고 차갑게 말했다. 위험 신호였다. 아이들이 눈치껏 입을 다물고 자세를 바로잡았다. 담임은 은근슬쩍 위험 신호를 보냈다. 양팔로 교탁을 잡고 서서 인사를 거절하는 건 1급 경계 경보였다. 지난봄 김진희가 학교 밖 흡연 지도에 걸려 강제 전학을 가게 됐을 때도 딱 지금 같은 모습이었다. 단정한 단발머리에 비비크림조차 바르지 않는 김진희가 골초였다니……. 작은 키에 귀여운 얼굴만으로도 보호 본능을 일으키기에 충분한 아이였다. 그런 아이가 저지른 사고였으니 고대 로마의 카이사르가 했다던 말을 빌려 '김진희, 너마저!'라고 해도 될 만큼의 충격이었다. 지금 담임의 행동으로 보면 그때와 비슷한 급이라는 거였다. 불똥이 어디로 튈지 모르는 상황이었고 그렇다면 긴장해야 했다. 보미는 이름표를 확인하고 말려 올라간 교복 치마를 슬며시 끌어 내렸다.

학급 회장이 엉거주춤 앉은 뒤에도 담임은 쉽게 입을 열지 않고 숨을 고르며 가만히 서 있었다. 사격하기 전의 조준 자세처럼 담임의 표정은 진지하고 비장했다.

"어제 용기가 차에 치였다. 학교 앞 편의점에서 횡단보도를 건너던 중에 난 사고였어. 용기는 왜 사고가 났을까?"

담임이 아이들을 한 번 쭉 훑었다. 누구 알고 있니 하고 묻듯이.

"알다시피 횡단보도에는 신호등이 설치돼 있다. 파란불에 건너기만 하면 사고는 나지 않아. 신호등도 있는데 용기는 그걸 무시하고 길을 건넌 거였어. 그리고 쾅!"

담임이 쾅 소리에 맞춰 교탁을 내리쳤다. 적절한 효과음 때문일까? 보미는 차에 치인 박용기의 몸이 공중에 붕 떠오르는 환영이 떠올라 절로 몸서리가 쳐졌다. 조회 시간이 길지도 않은데 담임은 다시 말을 끊고 아이들과 눈을 맞췄다. 담임의 침묵에 괜스레 조바심이 일었다.

"사고가 난 시각은 1시 17분, 점심시간이 끝나기 삼 분 전이었어. 그 안에 교실까지 오려니 마음이 급했겠지. 용기는 왜 그리 급하게 편의점에 다녀오려 했을까? 그건 용기의 오른손에 들려 있던 비닐 봉투에서 알 수 있었다. 빵! 확인해 보니 용기는 어제 급식도 다 챙겨 먹었다던데 왜 빵을 사러 편의점에 들렀을까? 그것도 다섯 개나. 너희는 이 사건의 이름을 알고 있지? 누가 말해 볼래?"

빵 셔틀! 옆줄에 앉은 송지만이 조용히 내뱉었다. 빙신, 대답하라고 묻는 게 아니잖아. 보미는 고개를 숙인 채 송지만을 노려봤다. 애는 착한데 영 눈치가 없단 말이야, 쯧쯧쯧.

"용기는 손가락과 손목 골절, 거기에 대퇴부 골절에 십자 인대 파열까지 전치 10주의 중상이다. 어제까지 너희들 옆에서 멀쩡하게 지내던 아이가 갑자기 그렇게 된 거야. 뭔가 이상하다는 생각이 들지 않니? 어제 병원에 갔다가 용기랑 이야기를 나눴고 용기가 오랜 시간 힘들었다는 걸 알게 됐다. 용기 사건은 일단 교통사고로 처리되겠지만 그 이면에 숨은 사연이 있다는 건 모두 눈치챘겠지? 나는 이 문제를 그냥 넘길 수 없다고 판단했고 용기를 설득한 끝에 그동안 용기를 힘들게 했던 세 녀석의 이름을 들을 수 있었다. 우리 중에서 셋!"

아이들이 술렁거렸다. 걔네들 아냐? 근데 왜 셋이야? 누군가는 뒤쪽을 돌아봤다.

"그게 누구인지 너희들은 알 거라 믿는다. 아니, 다른 애들은 몰라도 당사자는 반드시 알겠지. 딱 일주일을 주겠다. 자수해라! 더 이상 양심을 속이지 말고 자신이 했던 짓을 고백해라. 자꾸 둘러보지 마! 쟤일 수도 있지만 너일 수도 있어. 난 아닐 거라고? 자신하지 마! 세 명 중에 의외의 인물도 있어서 깜짝 놀랐으니까. 용기를 괴롭혔던 세 명이 자수하면 학교 폭력 위원회까지 보내지 않고 내 선에서 해결할 거야. 다음 주까지 모든 일이 해결되길 원한다. 오늘 조회는 여기까지."

교탁 앞을 떠나려는 담임을 잡은 건 정혜연이었다.

"만약 세 명이 자수를 하지 않으면 어떻게 되는 거죠?"

외고를 목표로 질주하는 아이답게 명쾌하다고 해야 할까? 그런데 혜연아, 목표가 나쁘진 않은데 그래도 지금은 그런 질문을 할 굿 타이밍이 아니지 않니?

이런 말을 입으로 내뱉을 수 있다면 얼마나 좋을까? 보미는 입술을 달싹거리다가 닫았다. 서울 생활 육 개월 만에 보미는 '독백의 달인'이 되었다. 한때 앵커를 꿈꾸던 그 원대한 포부는 다 어디로 가고 언제나 속으로 구시렁구시렁. 못났다, 진짜 못났어……. 자괴감이 들었다.

담임은 뭔가 언짢은 듯 미간에 주름을 세웠다.

"그게 궁금하니? 아마 다른 아이들도 마찬가지겠지. 나도 어떡할까 고민했는데 지금 막 대답이 떠올랐어. 친구가 다쳤다는데 아무렇지 않은 얼굴들. 너희 얼굴 때문에 좀 상처받았어. 내가 자수하라는 건 선처를 베풀기 위해서야. 그러니 반대의 경우라면 가혹한 벌을 받아야 맞겠지. 세 명이 자수하지 않으면 집단 따돌림으로 규정하고 너희 모두 방과 후 집단 상담을 받도록 할 거야."

또각 또각 또각, 담임의 하이힐 소리가 판사의 봉처럼 장엄하게 울렸다. 실내 슬리퍼로 갈아 신을 정신도 없었구나. 담임이 나가버린 후 보미 입에서 긴 한숨이 흘러나왔다. 긴장하면서 들었는지 기운이 쭉 빠진 느낌이었다.

담임이 나가자 자리에 얌전히 앉아 있던 아이들이 분자 운동을 하듯 여기저기로 흩어져 무리를 지었다.

"웬일이니? 둘이 아니고 셋이래?"

"의외의 인물이 있다고 그랬잖아."

"둘은 확실하니 결국 나머지 한 명이 변수구나."

"집단 상담이라니 말도 안 돼! 금방 기말고사 기간이잖아. 겨우 세 명 때문에 이런 일을 당해야 돼?"

몇몇은 노골적으로 허치승 쪽을 힐끔거렸다. 그렇지만 보미는 강우주에게 눈을 돌렸다. 담임의 말이 끝났을 때 강우주는 분명 한숨을 쉬었다. 뭔가 마음을 놓은 표정이랄까? 강우주 마음에는 어떤 비밀이 숨어 있을까?

"용기네 빵빵하게 산다 하던데, 그래서 담임 오버하는 거 아니야?"

케이블 채널로 미국 드라마를 자주 본다더니, 장아람은 음모론을 펼칠 생각인가? 심하게 다쳤다니까 오버는 아니지 하는 걸 보면 조수진은 담임 말에 수긍하는 편이었다. 조수진 말에 장아람이 고개를 살짝 기울였다. 한 5도쯤 되려나. 뭔가 마음에 들지 않을 때 나오는 행동이었다. 무신경한 조수진은 그런 장아람 행동도 못 읽고 아, 졸려 하며 책상에 엎드렸다. 큰 키와 짧은 커트 머리 덕에 바지를 입으면 소년처럼 보이는 조수진은 동아줄보다 더 두꺼운 신경 세포를 가졌을 거다. 장아람의 레이저 시선도 아랑곳않고 엎드려 토막잠을 잤다.

알아서 자수하겠지 하며 긍정적인 의견을 내놓는 송지만부터 차라리 학원 안 가게 집단 상담 받았으면 좋겠다는 철없는 이영찬까지, 아이들은 속사포처럼 말들을 쏟아 냈다. 그중에 박용기를 걱정하는 목소리는 없었다. 진짜 너무들 하네, 하다가 소스라치게 놀랐다.

'헉, 전화!'

까맣게 잊고 있었다. 어제 점심시간에 보미는 외출증을 끊어 안과에 갔었다. 갑자기 눈이 충혈됐는데 혹시 전염성 질병이 아닐까 걱정된 보건 선생님이 채근해서 급하게 안과 진료를 받았다. 다행인지 불행인지 흔한 바이러스성 질환이라는 진단을 받고 약을 처방받아 학교로 돌아오는데 교문에 들어서기 직전 휴대폰이 울렸다.

'박용기?'

휴대폰 액정 화면에 박용기 이름이 뜬 게 신기했다. 내가 언제 얘 번호를 저장했지 싶었는데 언젠가 모둠 숙제 때문에 알아 뒀던 기억이 났다. 얘가 무슨 일로 전화질이야? 휴대폰은 왜 제출 안 했지? 평화중에서는 아침에 휴대폰을 모두 제출해야 한다. 보미는 외출 때문에 잠깐 돌려받은 거지만, 박용기는 왜? 궁금하기도 했지만 호기심보다는 귀찮음이 더 커서 통화를 거절했다. 서둘러 중학교 건물로 발길을 옮기려는데 중앙 현관에서 박용기가 보미를 향해 손을 흔들고 있었다. 그리고 또다시 울리는 휴대폰.

'날 보면서 전화한 거였구나. 그런데 왜?'

먼 거리였지만 정확하게 서로를 바라보고 있었다. 싹 외면하기는 미안했지만 얽혀 봤자 좋을 게 없는 아이였다. 보미는 슬그머니 고개를 옆으로 돌렸다. 점심시간도 얼마 안 남았고, 안약을 넣어 시큼한 눈이 좋은 핑곗거리였다. 손에 들고 있던 휴대폰을 재빨리 교복 주머니에 집어넣었고 벨은 몇 번 더 울리다가 잠잠해졌다. 혹시라도 중앙 현관에서 마주치면 못 봤다고 딱 잡아떼야지 했는데 벨 소리가 멈추는 것과 동시에 박용기도 사라졌다.

'나한테 무슨 말을 하고 싶었던 걸까?'

시간상 박용기는 빵을 사러 나가는 중이었다. 내가 외출증 끊은 걸 알고 부탁하려던 걸까? 교문에 들어서기 전부터 나를 보고 있었던 건 아닐까? 내가 박용기 대신 사다 주기만 했어도 사고는 안 났을 텐데…… 횡단보도만 건너면 편의점인데…… 담임이 병원비 하라고 준 돈도 남아 있었는데……. 후회가 밀려들었다.

'잠깐, 담임이 말한 의외의 아이가 혹시 나?'

갑자기 불안감이 몰려왔다. 휴대폰을 주머니에 넣는 걸 용기가 봤을까? 박용기는 안경도 안 쓰는 아이이다. 그럴 리 없어, 거리가 꽤 멀었어. 아무리 눈이 좋아도 자세하게 보이진 않았을 거야. 그리고 겨우 전화 두 통 안 받은 것뿐인데……. 더구나 남은 돈으로는 빵을 살 수 없었어. 핑계로 내밀어도 부족하지 않은 이유들이 분명 있었다.

'데면데면하게 굴긴 했지만 나쁜 관계는 아니었어. 그러니 내 이름을 말했을 리 없어. 아니야, 사고에 결정적 영향을 끼친 건 나야!'

자책감과 비굴한 변명이 롤러코스터처럼 머릿속을 오르내렸다.

"오, 그 정도면 완전 게임의 신인데! 언제 그렇게 레벨을 올렸대?"

오재열의 큰 목소리가 보미의 생각을 끊었다. 저렇게 뻔뻔한 애도 있으니 나는 아무것도 아닐 거야. 오재열의 모습에 안심이 됐다. 매일 친구라고 어울려 다녔으면서 저렇게 태평한 얼굴이라니!

그런데 친구? 이 반에서 박용기를 친구로 생각하는 아이가 몇이나 될까? 나설 때 안 나설 때 구분 못 하고, 유머는 눈곱만치도 없고, 공부도 못하고, 키도 작아 볼품없고, 변성기를 안 지난 탓에 목소리마저 앵앵거리는 아이. 보미가 보기에 왕따 될 아이는 정해져 있었다. 미안하지만 박용기 같은 아이.

아이들은 박용기를 '상속자'라 불렀다. 아버지가 십삼 억을 물려줄 거라서 공부 안 해도 된다고, 너희랑은 다르다는 말을 했다나? 그런 말을 박용기가 실제로 했는지는 모르겠지만 소문은 파다했다. 그런데 십 억도 아니고 이십 억도 아닌 십삼 억! 보미는 그 구체적인 금액이 더 놀라웠다. 보미가 살던 과수원 땅을 다 팔아도 이 억이 안 된다고, 서울 아파트 한 채 값도 안 된다고 아버지가 말씀하셨는데……. 그런데 박용기같이 어린 녀석이 받을 돈이 십삼 억이라고? 보미는 벌어진 입을 다물 수 없었다. 오래 신어 엄지발

가락이 불룩 튀어나온 낡은 운동화를 보면서, 보미는 뉴스에서 듣던 '사회 양극화 현상'을 이렇게 교실에서 목격할 수도 있다는 걸 깨달았다.

박용기는 여러모로 돈 있는 티가 나는 아이였다.

"와, 박용기 한정판 운동화 신었네. 상속자란 소문이 맞구나?"

나 좀 놀아 하고 티 내듯이 넥타이 따위는 무시하고 교복 셔츠 단추를 풀어 헤친 오재열이 물었을 때, 박용기는 비아냥거리는 것도 모르는지 좋다고 고개를 주억거렸다. 5월에 전학 온 보미도 저 애는 좀 조심해야 하는구나, 저 애는 나대지만 별 볼일 없구나, 저 애는 학구파에 모범생이구나 하는 식으로 아이들 파악을 끝냈는데 박용기는 그런 눈치도 없는지 시계처럼 손목에 차는 휴대폰도 새로 샀다며 자랑했다. 그때 오재열 눈이 반짝였다는 걸 박용기는 알고 있을까?

'쟤 좀 위험한걸…….'

보미는 박용기를 허치승, 오재열과는 또 다른 위험 인자로 분류했다. 분위기 파악 못 했던 박용기의 무지가 오늘의 사고를 불러온 걸까? 박용기는 도대체 얼마나 다친 걸까? 술렁거리는 아이들 사이에 끼어들지 못한 채 보미는 깊은 생각에 빠졌다.

1교시 수업은 사회 시간이었다. 아직 박용기의 사고 소식이 교무실에 알려지지 않은 건지 사회 선생님은 빈자리를 보더니 "결석?" 하고 물으며 대수롭지 않게 넘어갔다.

예수는 아흔아홉 마리의 양을 들판에 버려두고 한 마리의 길 잃은 양을 찾아 헤맸다지만, 학교에서는 그럴 수 없었다. 그건 예수가 살아 돌아와 이 교실에 있어도 마찬가지일 터다. 우선 정혜연부터 가만있지 않겠지. 차라리 한 마리 양을 포기하는 게 다수를 위한 길이라며 논리적으로 설명하겠지……. 정혜연은 표정 하나 변하지 않고 어제와 다름없이 수업에 몰입했다.

보미는 어쩐지 박용기의 처지가 짠해서 빈자리를 돌아봤다. 박용기 자리는 우연처럼 교실 가운데였다. 아까는 작은 레고 블록 같았던 그 자리가 지금은 움푹 파인 싱크홀처럼 크게 느껴졌다. 무엇이든 빨아들일 것 같은 어두움과 가늠할 수 없는 깊이에서 두려움이 뿜어져 나오는 것만 같았다.

'세 명이 자수하면 다 끝나는 일인데 뭐.'

그런데 의외의 인물은 누굴까? 초조해하던 강우주? 그 애는 아닐 것 같았다. 강우주에게 누군가를 괴롭힐 배짱 같은 건 찾아볼 수 없었다. 확실한 두 명의 용의자와는 많이 달랐으니까.

선생님이 필기하는 틈을 이용해 또 뒤를 돌아봤다. 허치승은 고개를 푹 숙인 채였고 오재열은 눈이 마주친 보미에게 주먹을 들어 보이며 뭘 봐, 하고 시비를 걸었다. 주범과 공범의 모습이 대조적이었다. 그런데 누가 주범이지? 둘 중 누구의 죄가 더 무거울까?

아니, 어제 점심시간에 도대체 무슨 일이 벌어졌던 걸까?

재빈

장구한 민주주의의 발전 과정과 그 의미에 대해 배우는 진지한 시간이건만 교실엔 의외의 웃음꽃이 피어났다. '의' 자 발음이 안 되는 경상도 사나이 사회 선생님 때문이었다. 재빈 입에서도 킥킥 웃음이 비집고 나왔다. 웃을 때가 아니라 생각했지만 몸이 먼저 반응했다.

"민주주으으 으으."

아이들의 웃음 때문에 얼굴이 빨개진 사회 선생님이 변명 아닌 변명을 했다.

"웃지들 마라. 요즘 드라마에서 사투리 쓰는 배우가 엄청스레 인기 많대? 누구는 이걸 제2외국어 능력이라 카더라. 알았나? 자, 지금부터는 민주주으으 꽃, 선거와 참정권에 대해 설명한다."

모든 시민에게 참정권이 주어진 역사는 생각보다 길지 않았다. 누구나 한 표씩 던지는 동등함도 많은 사람이 투쟁해서 얻은 결과였다.

재빈은 새삼스레 교실을 둘러봤다. 박용기가 빠진 스물아홉 명의 유권자. 지금 이 교실에서 세 명의 용의자에게 투표하라고 하면 아이들은 누구에게 표를 던질까? 아무래도 허치승, 오재열에게 많은 표가 몰리겠지. 그런데 비밀 투표가 아니더라도 당당하게 두 녀석을 지목할 수 있을까?

평화중 1학년에서 제 나름 이름을 날렸던—페이머스가 아니라 노토리어스로—두 녀석은 학교 행정상의 실수(?)로 같은 반이 되면서 시너지 효과를 발휘했다. 시너지는 좋은 뜻으로 쓰는 말이니까 역시너지라고 해야 맞으려나? 특히 오재열은 허치승을 만나 물 만난 물고기처럼 펄떡 뛰어올랐다. 허치승이 학년 '짱'에 걸맞게 큰 키에 살집이 좋은 편이었다면 오재열은 1미터 60센티를 넘을까 말까 한 단신이었다. 게다가 마른 몸에 눈웃음치는 커다란 눈까지 있어 첫인상은 귀여운 초등학생 같아 보였다. 하지만 오재열은 타고난 눈치 하나로 허치승의 오른팔 노릇을 하며 확고한 2인자 자리에 오를 수 있었다. 어제 일만 해도 오재열이 벌인 측면이 더 컸다.

"무슨 어묵탕에 무랑 파밖에 안 들어 있냐? 그리고 곤약 볶음은 또 뭐냐?"

급식 메뉴가 부실하긴 했다. 식사량이 많지 않은 재빈도 금세 허기가 느껴질 정도였으니까. 학원 가기 전에 엄마한테 식빵이라도 구워 달라고 해야지 하다가 바로 생각을 접었다. 주머니에 달랑거리는 동전을 보니 컵라면 사 먹을 돈도 안 됐지만 그냥 참기로 했다.

급식이 부실하다고 얘기할 때마다 엄마는 휴대폰에 저장해 놓은 D과고 급식 사진을 보여 주었다.

"리얼 푸드 알지? 여기는 대기업 푸드 업체에서 급식을 납품받는단다. 이 사진 좀 봐. 벌써 비주얼로 느껴지지? 일반고랑은 완전히 다르잖아. 너처럼 입맛 까다로운 애들은 꼭 과고 가야 해."

교복이 불편하다면 유명 디자이너가 교복을 만들었다는 S외고 이야기로, 고등학교와 같이 써서 운동장 사용에 눈치가 보인다면 큰 실내 체육관이 있는 H국제고 이야기로 이어졌다. 재빈의 엄마는 어떤 화제가 나와도 결론은 특목고로 이어지게 하는 특별한 재주가 있었다.

오재열 엄마는 급식이 맛없다고 하면 뭐라고 말할까? 설마 친구한테 빵이라도 뺏어 먹어, 하고 가르치지는 않을 테지만 오재열은 부모님의 가르침과 상관없이 그렇게 행동했다.

"어이, 프린스. 형님이 출출해서 그러는데 불우 이웃 돕기 차원에서 빵 좀 사다 줄래?"

허치승파 애들은 프린스라 부르며 박용기에게 빵이며 음료수 심부름을 종종 시켰다. 한 사람이 한 표씩 가지는 평등 선거의 원칙은 법으로 정해져 있지만, 모든 사람의 말이 같은 무게를 가진다는 원칙은 법에도 없었고 교실에도 없었다. 허치승과 오재열의 한마디는 묵직하게 마음을 누르는 무게가 있었다.

박용기가 오재열 말에 "지금?" 하고 되물었다. 평소 씀씀이도 큰 편이었으니 빵값 정도야 우습겠지만 문제는 돈이 아니라 시간이었다.

오재열의 말을 듣고 재빈도 시계를 쳐다봤다. 학교 밖 편의점까지 갔다 오려면 시간이 빠듯했다. 게다가 수위 아저씨 눈을 피하려면 교문이 아니라 담장이 낮은 뒷담을 넘어 횡단보도까지 건너야 하니 십 분 안에 왕복은 불가능해 보였다. 빵 셔틀을 없애겠다며 학교 매점을 폐쇄한 교장의 조치는 이렇게 번거로운 장거리 셔틀을 탄생시켰다.

"오늘 6교시잖아. 좀만 참지."

허치승도 재빈과 마찬가지 생각이었는지 오재열을 말리는 눈치였다. 허치승 옆에 앉았던 재빈이 본 건 여기까지였다. 5교시 과학 실험 세팅을 위해 먼저 교실을 나와야 했고 커다란 테이블에 모둠별로 앉은 탓에 박용기가 5교시 수업에 빠진 것도 몰랐으니까. 그 사이 교실에서는 무슨 일이 벌어졌던 걸까? 오재열은 결코 허치승의 허락 없이 행동하지 않는다. 그렇다면 결국 치승이 고개를 끄덕였던 것일까?

보미

박용기의 부재에도 하루는 평소와 다를 바 없이 흘러갔다. 박용기의 자리는 누구의 시야에도 걸리는 한가운데였지만 아이들은 그쪽으로 눈길조차 돌리지 않았다. 워낙 존재감 없는 아이라서 그런가 보다 생각했지만 내가 빠져도 그럴 테지 싶어 보미는 서글퍼졌다. 그리고 문득 오래전 기억이 하나 떠올랐다.

"아싸! 38도 넘었다!"

귀에서 막 꺼낸 체온계의 숫자가 38.4를 기록했다. 머리가 뜨끈뜨끈했다. 타고난 농사꾼 체질이라는 아버지를 닮아서 건강했기에 보미는 한 번도 결석을 해 본 적이 없었다. 하지만 밤부터 온몸에 열이 오르자 호들갑을 떨며 아픔을 호소했고 처음으로 결석 허락을 받아 낼 수 있었다.

담임 선생님에게 결석 문자를 넣는 엄마를 보면서 보미는 어쩐지 대단한 일을 이룬 것처럼 뿌듯했다. 실컷 빈둥거려야지 마음먹었지만 다음 날 아침이 되자 평소와 똑같이 눈이 떠졌다. 말똥말똥한 눈을 억지로 감고 이불 속에서 뒹굴다 느긋하게 일어나서 주부 대상의 재미없는 텔레비전 프로그램을 보면서 아침을 먹고 다시 빈둥거렸는데도 아직 오전이었다. 시계가 멈춘 것 아닌가 건전지를 확인하고, 하루가 이렇게 길었던가 생각하며, 나른함과 지루함의 차이는 뭘까 궁금해하며 시간을 흘려보냈다.

갑갑했던 하루를 보내고 다음 날 학교를 가는데 괜스레 떨렸다. 많이 아팠느냐고 물어보면 뭐라고 대답하지? 아파서 죽을 뻔했다고 말할까, 이제 다 나았다고 말할까 고민하면서 교실에 들어갔는데 친한 몇 명만 보미 왔네, 말하고는 끝이었다. 내가 없어도 아무렇지 않았구나 하는 깨달음이 감기보다 더 아팠던 기억으로 남아 있었다.

박용기는 병실에서 뭘 하고 있을까? 겨우 감기에 걸렸을 뿐인데도 친구들의 관심과 걱정을 기대했던 보미처럼 박용기도 엉뚱한 상상을 하고 있진 않을까? 우리 모두가 박용기를 그렇게 만든 죄인입니다, 하며 아이들 전체가 책상 위에 올라가서 무릎 꿇고 눈물을 흘리는……. 박용기가 자기 주제를 알고 있다면 그런 상상은 하지 않을 거다. 그런 드라마틱한 일이 일어나기엔 너무 바쁜 게 학교의 현실이었다.

"기말고사 시험 범위 나왔던데, 수학 범위 장난 아니야."

"역사는 외워야 할 프린트가 열 장이란다."

"수행 평가 망해서 지필 고사라도 잘 봐야 하는데."

교실은 지극히 현실적인 이야기들이 오가는 곳이었다. 물론 가끔은 비현실적으로 피 튀기는 활극이 펼쳐지기도 했지만…….

5교시가 끝난 쉬는 시간에 교실 뒤편에서 난투극이 벌어졌다. 이영찬과 송지만이 몇 마디 얘기를 나누는가 싶더니 갑자기 주먹을 주고받았다. 아이들이 뜯어말려 싸움은 금방 끝났지만 송지만은 코피가 터져 교복 셔츠에까지 흘러내렸다. 둘의 체급이 달랐기에 송지만 쪽의 피해가 컸다.

"도대체 왜 싸운 거래?"

누군가 혼잣말처럼 묻기도 했지만 싸움의 이유가 무엇인지는 중요하지 않았다. 그리고 그걸 알아볼 여유도 없었다. 평화중은 학교 폭력 예방 중점 학교였다. 혹시라도 이런 난투극을 벌이다 들키면 반 전체가 단체 기합을 받는 어이없는 교칙이 있었다.

"지난번에 1반 애들 오리걸음으로 운동장 세 바퀴 돌았던 거 몰라? 너희 때문에 걸리면 가만 안 둔다."

더 싸울 듯이 씩씩대던 송지만과 이영찬도 아이들의 비난에 주춤하더니 결국 주먹 쥔 손을 풀었다. 몇 명의 아이들이 달려들어 송지만 셔츠를 벗겨 체육복으로 갈아입히고, 재빠른 누군가는 물티슈로 송지만 코 주위를 벅벅 문질러 피도 닦아 냈다. 머쓱해진 이영찬도 밖으로 삐져나온 교복 셔츠를 바지 속으로 집어넣고 매무새를 다듬었다. 쓰러진 책상을 세우고 어수선한 분위기를 정리하는 데 불과 삼 분도 걸리지 않았고 6교시가 시작했을 때 허공에 떠 있는 먼지 말고는 난투극의 흔적이 전혀 없었다. 평화중의 평화는 언제나 이렇게 아슬아슬 지켜졌다.

수업이 끝난 뒤 담임이 들어왔다. 담임의 표정은 변함이 없었다. 화가 난 건지 아님 평정심을 되찾은 건지, 두꺼운 아이라인은 움직이지 않았고 담임은 일반적인 공지 사항만 말하고 종례를 끝냈다.

'그사이 누가 자수라도 한 건가?'

존재감 없기로는 박용기 못지않은 보미였기에 물어보려니 눈치가 보였다. 이런 질문을 할 사람으로는 정혜연이 적격인데 그 애는 가방을 챙기느라 정신이 없었다. 자기는 아닐 테고 궁금하지도 않다는 거구나.

그때 김재빈이 손을 들었다.

"용기 병문안을 가려고 하는데 괜찮을까요?"

학급 회장다운 질문이었다. 담임이 미간을 살짝 찡그리며 대답했다.

"용기는 전치 10주의 중상이야. 게다가 학교 폭력에 시달렸다는 고백까지 했고. 용기 부모님까지 그 사실을 알게 돼서 많이 화나신 상태야. 일단은 아이들이 자수할 때까지 기다려 달라고 해서 학교 측에 아무 말 안 하고 계시지만, 너희들 얼굴 보면 폭발하실지도 몰라. 실제로 그런 말씀을 하셨고. 용기의 안정을 위해 아무도 안 만난다고 하셨으니까 병문안 가는 건 당분간 보류해."

말을 마치고 교실 문을 나가는 담임의 어깨가 딱딱하게 굳어 있었다.

창을 통해 들어온 늦가을의 햇살이 복도를 반으로 갈라놓았다. 그늘과 햇빛이 나란히 공존하는 공간. 걸레 물이 튈까 봐 교복 재킷을 벗어 둔 보미는 햇빛 쪽에서 걸레질을 했다. 내리쬐는 빛 때문에 부유하는 먼지가 보여 찝찝했지만 따듯한 게 더 좋았다. 하긴 그늘에라고 먼지가 없겠는가, 다만 눈에 보이지 않을 뿐…….

이상하게도 학교 복도는 언제나 서늘했다. 여름에도 더위를 못 느낄 정도였다. 괴담을 믿는 어떤 아이는 성적 때문에 일찍 세상을 떠난 선배들의 원혼이 교실에 들어오지 못하고 복도를 서성이기에 아무리 난방을 해도 추운 거라고 말했지만, 복도에 난방 장치 따위는 없었다.

학교는 그런 으스스한 괴담이 떠돌기에 적당한 공간이었다. 수백 명의 청춘을 모아 놓은 곳에 기막힌 사연 하나 없는 것이 더 이상한 일일 테니까 말이다. 보미가 서 있는 복도만 해도 햇빛과 그늘로 정확하게 이등분되어서 어쩐지 그로테스크한 것이 뭔가 사연이 있다 해도 어색하지 않았다. 채도가 낮은 회색으로 칠한 벽과 딱딱하게 굳은 표정으로 찍힌 위인들 사진도 으스스한 공간 연출에 한몫했다.

이번 주 보미 담당의 특별 청소 구역은 교무실 복도였다. 교무실 출입문은 모두 세 개인데 같이 청소 담당인 서나래가 두 번째 출입문 그늘에서 걸레를 밀고 있었다. 그곳에 걸린 위인은 헬렌 켈러였던가?

“나래야, 추우면 바꿀까?”

봄에도 장갑을 끼던 모습이 생각나 물었더니 서나래는 싫어, 하고 단칼에 잘랐다. 햇볕에 얼굴 타는 것보다 추운 게 낫다며, 너도 코 주위에 주근깨 생기지 않게 신경 좀 쓰라고 충고까지 했다. 말은 그렇게 하면서 서나래는 걸레 봉을 잡은 손에 호호 입김을 불었다.

'청소하는 동안 얼마나 탄다고…….'

고개 숙여 걸레질하는 보미의 시선에 서나래의 앙상한 종아리가 들어왔다. 처음 보는 사람은 눈살을 찌푸릴 만큼 서나래는 깡마른 체형이었다. 조금만 더 살이 빠지면 아프리카 기아로 보일 정도로 말랐다. 그런데도 밥을 많이 먹지 않았다. 보미가 좀 더 먹으라고 채근할 때도 식이 조절을 해야 한다며 급식 판을 밀어냈다.

서나래는 평화중에 전학 와서 처음으로 사귄 친구였다. '읍'에서 전학 왔다고, 시골 아이들은 순박할 거 같아 좋다고 말했을 때 보미는 피식 웃고 말았다. 인터넷 발달로 전 세계가 하나로 이어지는데 읍에 산다는 이유로 순진할 거라 믿는 서나래가 보미 눈엔 더 순진해 보였다. 보미는 순진하지 않았다. 오히려 어른스럽다는 말을 들을 만큼 눈치가 빨랐다.

"내 꿈이 뭔지 알아? 너한테만 하는 말인데, 난 모델이 될 거야. 교복 디자인이 워낙 후져서 잘 모르겠지만 내 하체가 좀 길거든. 이 상태로 20센티만 크면 런웨이를 누비는 유명 모델 같은 스타일이 완성될 거란 말이지. 넌 어떻게 생각해?"

인생이 원하는 대로 흘러가 주면 얼마나 좋을까? 하지만 보미는 서나래의 말에 그냥 고개를 끄덕여 줬다. 벌써부터 찬물을 끼얹을 맘은 없었으니까. 그날 보미의 리액션에 환하게 웃던 서나래는 참 예뻤다. 그런데 20센티나 크려면 좀 먹어야 되지 않을까? 보미가 5

센티나 자라는 동안 서나래는 늦봄에 했던 신체검사 수치 157센티에 그대로 머물렀다. 물론 본인은 곧 죽어도 160센티라고 주장하고 있지만…….

모델이 꿈이어서 그런지 서나래는 외모에 집착이 심했다. 쟤는 하체가 굵고 짧아서 옷 입어도 '핏'이 안 나, 옆 반에 걔는 키만 커서 볼품이 없어, 작년에 같은 반 했던 애는 가슴이 커서 상체가 뚱뚱해 보여…….

서나래의 손가락질은 가끔 보미를 향할 때도 있었다.

"기집애, 키가 쑥쑥 크네. 아휴, 부러워라. 그런데 너 몸무게도 많이 늘었지? 밥 먹을 때 허릿단 푸는 거 똑똑히 봤어. 맞지?"

키가 크면서 몸무게도 늘었고 그 덕에 전학 올 때 맞춘 교복이 불편해진 건 맞았다. 163센티에 57킬로로 살짝 통통한 편이지만 보미는 자신이 뚱보라고 생각하지 않았다. 코의 높이가 조금 안타깝긴 했지만 눈도 크고 입술 선도 선명한 편이라 외모에 대해 심각하게 고민한 적도 없었다. 그래서 친한 친구인데 왜 저렇게 밉살스러운 말을 할까 싶어 서나래에게 서운함을 느꼈다. 그렇지만 서나래가 순진한 아이라는 생각에는 변함이 없었다. 서나래는 오직 외모에 대해서만 시기하고 비난했다. 성적, 외모, 경제력 같은 복잡한 '스펙'을 따지는 어른들보다는 훨씬 단순했다. 비록 보미의 외모가 서나래의 기준에 한참 모자라 지적을 받긴 해도 말이다. 서나래가 보미의 왼쪽 볼에 있는 보조개를 가리키면서 한쪽에만 있어서 균형이 안 맞는다는 말을 했을 때도, 그럼 오른쪽은 수술해야겠다며 맞받아칠 수 있었던 것도 그런 이유에서였다.

의심과 질투마저 훤히 보이는 아이, 그게 서나래였다. 날개를 활짝 펴라는 뜻으로 지은 이름이라던데 그늘 속에서 허리를 굽힌 채 걸레질하는 서나래는 너무 작고 말라서 금방이라도 사라져 버릴 것 같았다. 보미는 20센티에 목숨 거는 서나래의 날개가 채 펴지지 못할까 걱정스러웠다.

보미의 생각을 끊은 건 허치승이었다. 갑자기 나타난 허치승이 교무실 출입문 앞에서 괜히 얼쩡거렸다.

"야, 들어가려면 빨리 들어가. 거기 걸레질해야 돼."

서나래가 발치 쪽으로 걸레를 들이밀자 허치승이 됐어 하고 말하며 중앙 현관 방향으로 나갔다. 학년 짱이지만 절대로 여자애는 건드리지 않는 게 허치승의 신념이라고 했다. 그럼 남자애들한테 주먹을 휘두르는 건 괜찮다는 뜻인가? 그게 무슨 신념이라고 싶어 보미는 코웃음을 쳤지만 그 신념에 열광하는 여자애들도 있었다. 몇몇 여자애들은 허치승에게 선물 공세와 함께 고백을 한 적도 있단다. 아무튼 서나래가 맘 놓고 떽떽거릴 수 있는 것도 허치승의 독특한 신념 덕분이었다.

그에 반해 오재열은 인정사정없이 굴었다. 여자건 남자건 안 봐주고 자기가 부려 먹을 수 있는 아이한테는 맘껏 뽑아 먹으려고 들었다. 지난 미술 시간에도 보미의 수채화 팔레트를 묻지도 않고 가져가 쓰고는 수업이 끝난 뒤에야 돌려주었다. 미안한 내색도 전혀 없이 잘 썼다고 말하는 모습에 보미는 기가 막혔다.

"보미야, 혹시 지금 치승이 자수하려고 온 걸까?"

그러고 보니 허치승이 교무실 앞에서 서성거릴 이유가 없었다. 망설이던 얼굴을 떠올리니 그럴 가능성이 커 보였다.

"괜히 가라고 했네. 근데 왜 오재열이랑 같이 안 오고 혼자만 왔을까……."

서나래는 뭔가 아쉬운 듯 말끝을 흐렸다.

"자수까지 같이 할 필요는 없지. 이건 내 생각인데 치승이가 그 무리의 짱이지만 애들한테 푼돈 빌리고 하는 작은 사건들은 재열이가 다 했잖아. 그러니까 둘이서 일을 저질렀어도 재열이 잘못이 더 크지 않을까? 사고 난 날 빵 셔틀도 재열이가 시킨 거라며? 같이 자수하러 왔다가 오재열 죄까지 덤터기 쓰는 게 싫었겠지."

보미 말에 서나래가 모르는 소리 말라며 펄쩍 뛰었다.

"그날 일만 본다면 그럴 수도 있겠지만 치승이가 재열이보다 높은 짱이잖아. 그러니까 치승이의 허락을 받고 재열이가 한 거라면 치승이 죄가 더 무거워. 저번에 텔레비전에서 봤는데 교사죄라는 게 있어서 범죄를 시킨 사람이 더 큰 죗값을 치르기도 하던걸."

서나래 얘길 들으니 그런 것도 같았다. 더럭 무서운 생각이 들었다. 담임은 자수하면 용서해 주겠다 하고, 서나래는 허치승이 교사죄일지 모른다 하고……. 어쩐지 진짜 범죄가 일어난 것 같았다. 빵 셔틀이 분명 나쁜 짓이긴 하지만 그게 범죄라고 불릴 정도일까? 겨우 열다섯 살 아이들이 한 일인데?

"근데 보미야, 넌 제3의 아이가 누구 같아?"

복도엔 아무도 없건만 서나래가 다가와 작은 목소리로 물었다. 아이들은 어느 순간부터 담임이 말한 의외의 인물을 '제3의 아이'라 불렀다. 제3의 아이라? 허치승, 오재열은 확실한데 나머지 한 명은 딱히 떠오르지 않았다. 모두 조금씩은 박용기를 무시하고, 뜯어먹고, 놀렸으니까. 나는 아닐 거라 믿고 싶지만 보미도 자신이 없었다.

보미가 글쎄 하고 말을 흐리자 서나래가 귓불을 잡으며 어쩌면 자신은 알 것 같다고 속삭였다.

"정말? 그게 누군데?"

놀라서 묻자 이번엔 한발 뒤로 물러섰다.

"확실한 게 아니라서 지금은 말하기가 그렇다. 나, 담임 선생님한테 청소 다 했다고 말하고 올게. 넌 걸레 정리해."

서나래가 자리를 피하듯이 교무실로 들어갔다. 서나래는 항상 중요한 순간에 뒤로 주춤 물러섰다. 신중한 아이니까 조심하는 걸 거야, 하고 생각했지만 자신을 믿지 못하는 건가 싶어 서운하기도 했다.

복도 끝에 걸레를 갖다 놓다가 반쯤 열려 있는 교무실 앞문으로 서나래를 보았다. 서나래가 자기 몰래 담임에게 귀띔이라도 하려나 싶어 봤는데 담임 의자는 비어 있었다. 서나래는 담임 옆자리의 음악 선생님 책상에서 뭔가를 들여다보고 있었다.

음악 선생님은 1반 담임이고, 1반에는 최정민이 있다. 한때 서나래가 좋아했던 아이. 물론 서나래는 펄쩍 뛰며 그런 적 없다고 시치미 뗐지만 사랑의 감정은 감춰도 드러날 수밖에 없었다. 아마 음악 선생님 책상에는 올봄 고궁으로 소풍 갔을 때 찍은 단체 사진이 놓여 있을 테고 그 속에 한 소년의 얼굴도 있을 테다.

'최정민 사진 보는구나. 후후, 아직도 좋아하네.'

흘깃 본 탓에 보미는 서나래가 정색한 채 한곳을 쏘아보는 걸 알아차리지 못했고 잠시 뒤 입을 굳게 다물고 교무실을 나간 것도 알 수 없었다. 보미가 걸레를 정리하고 교무실 앞으로 왔을 때 서나래는 복도 창가에 올려 둔 가방을 집어 들고 휑하니 뛰어가 버렸다. 나래야, 같이 가 하고 부르는 보미의 목소리도 못 들은 것처럼.

치승

집에 들어오자 찰칵, 현관 불이 켜졌다. 비어 있는 형 방을 지나 주방으로 간 치승은 괜스레 냉장고 문을 열고 물통을 꺼냈다. 그리고 물통을 높이 들어 콸콸 소리 나게 물을 따라 벌컥벌컥 마셨다. 목이 마르지는 않았다. 그저 주방에 어울리는 소리를 만들고 싶었다.

가방을 던지고 거실 소파에 앉은 치승이 집 안을 둘러봤다. 도우미 아줌마가 다녀갔는지 베란다엔 빨래가 널려 있고 거실 테이블 위 어지럽게 놓여 있던 리모컨도 가지런하게 정리돼 있다. 모든 것이 제자리에 있었다. 오직 사람의 온기와 소리만 쏙 빠진 채 정적에 잠겨 있는 집.

치승은 그게 싫어 일부러 소음을 만들어 냈다. 쿵쿵거리면서 걷고, 수돗물을 콸콸 틀고, 냉장고 문을 쾅 닫고, 라디오도 켜고.

"When times get rough and friends just can't be found like a bridge over troubled water I will lay me down. Like a bridge over troubled water I will lay me down……."

습관처럼 튼 라디오에서 익숙한 노래가 흘러나왔다. 엄마가 좋아했던 노래. 험한 세상의 다리가 되겠다는 가사였지? 엄마는 진짜로 험한 세상 속으로 떠나갔다. 멀쩡한 남편 놔두고 바람을 피웠다는 손가락질을 받으며 그렇게……. 이혼 책임이 엄마에게 있는 데다 경제 사정도 아버지보다 못한 탓에 엄마는 자식들을 모두 두고 떠나야 했다.

벌써 삼 년 전의 일인데도 엄마가 떠나던 날을 생각하면 아직도 코가 맹맹했다.

'이혼이 뭐 대수라고?'

치승은 신경질적으로 라디오 버튼을 눌렀다. 다시 정적이 찾아왔다.

학원에 가려면 아직 한 시간이나 남았는데 할 일이 없었다. 아니, 하고 싶은 일이 없었다. 무료하고 따분했다. 이럴 때면 남는 시간이 버거웠다. 다른 때라면 오재열과 피시방에라도 갔을 텐데 오늘은 그러고 싶지 않았다. 어느 피시방에 있느냐고, 어디에서 뭉치느냐고 묻느라 수시로 울려 대던 '카톡' 메신저도 잠잠했다. 아이들은 박용기 사건으로 눈치를 보며 몸을 사렸다.

'용기 새끼, 길도 똑바로 못 건너서 여러 사람을 힘들게 해!'

스마트폰을 들여다보던 치승이 우두둑 손마디를 꺾었다.

고개를 드는데 까만 텔레비전 화면에 치승의 모습이 비쳤다. 1미터 85센티에 88킬로의 거구. 콧수염도 거뭇하고 목젖도 나온, 어른에 가까운 소년. 그런데 어깨를 쫙 펴지 못하고 웅숭그린 모습이 어쩐지 고독해 보였다. 액자에, 거울에, 노트북 화면에 비친 자신의 모습을 볼 때마다 치승은 당황스러웠다. 그 속에 나타난 아이는 언제나 낯설었고 그래서 오랫동안 마주 볼 자신이 없었다.

"뭘 꼬나봐!"

화면 속의 덩치 큰 소년에게 가운뎃손가락을 세워 욕을 해 주고 소파에 벌렁 드러누웠다. 빈집에 혼자 있으니 답답했다. 셔츠 단추 몇 개를 풀다 그냥 벗어 던졌다. 오랜 시간 비어 있던 거실의 싸늘한 공기가 몸에 선뜩하게 다가왔지만 개의치 않았다.

치승은 멋지고 폼 나게 살고 싶었다. 하지만 그런 욕망을 담기에 열다섯 살 소년의 가슴은 너무 작았고, 작은 가슴에 욱여넣은 욕망은 때때로 엉뚱한 화학 작용을 거쳐 불량함으로 분출됐다. 치승은 가슴속에서 뜨겁게 타오르는 욕망을 막연하게나마 느꼈지만 그걸 어떻게 다스려야 하는지는 알지 못했다. 치승은 종종 견딜 수 없을 만큼 답답했고 가끔은 울고 싶을 정도로 외로웠다. 그리고 어처구니없는 그 감정을 누구에게도 말할 수 없다는 사실에 슬펐다.

잠깐 눈이라도 붙이려고 누웠는데 카톡 알림음이 울렸다. 반가운 마음에 바로 확인했다.

뭐 해? 입 좀 맞춰야잖아?

오재열이었다. 빙신, 이런 걸 카톡으로 보내다니.

우리가 게이냐? 입을 맞추게.

급하게 문자를 보내고 곧바로 전화를 걸었다.

"야, 미쳤어? 이런 걸 카톡으로 보내면 어떡해? 혹시라도 휴대폰 걷어서 조사하면 다 나오는 거 몰라?"

치승이 소리를 지르자 오재열이 아 그러네, 하며 순순히 수긍했다. 그러더니 어, 어, 말을 더듬으며 시간을 끌었다. 녀석이 무슨 말을 하려는지 치승은 바로 알아차렸다.

"자수할 거냐고?"

오재열이 응, 대답하는데 화상 지원 서비스라도 되는 것처럼 크게 고개를 끄덕이는 모습까지 머릿속에 떠올랐다. 오재열은 치승의 손바닥 안에 있었다.

"해야지. 너는 어쩔래?"

박용기 사고 소식을 들었을 때 치승은 의외로 담담했다. 약속된 시간이 온 것처럼 그렇게 받아들여졌다. 아까 매도 먼저 맞는 게 낫겠다 싶어 교무실에 갔는데 담임이 없어서 말할 기회를 놓쳤다. 겁나긴 했지만 아닌 척 시침 뗄 생각은 없었다.

"담임이 의외의 인물도 있다고 했잖아. 그리고 그게 한 명인지 두 명인지는 말 안 했고. 그러니까……."

새끼, 치사하게 나오네. 열이 확 올랐다. 담임이 의외의 인물 수까지는 말 안 했으니 혹시 의외의 인물이 둘이라면 자기는 빠질 수도 있다는 말인가? 나는 확실하고?

"그러니까 너는 아닐지도 모른다? 근데 그날 빵을 주문한 건 내가 아니라 너야."

이렇게까지 나가고 싶지는 않았는데……. 말을 뱉어 놓고 보니 부끄러웠다.

"무슨 말을 그렇게 해? 그럼 너는 아무 잘못이 없다, 그거야?"

말끝을 올리는 오재열의 목소리가 갈라졌다. 치승이 두려워 강하게 나가지는 못하지만 그래도 할 말 다하겠다는 의도가 엿보였다. 그 순간 화가 치밀었지만 오재열을 상대로 풀어 봤자 소용없는 일이었다.

“난 자수할 거라 말했잖아. 이런 얘기 그만두자. 자수할지 말지는 네가 결정해.”

치승이 전화를 끊으려 하는데 오재열이 다급하게 불렀다.

“아직 자수하지 마. 시간 남았으니까 좀 기다려 봐. 혹시 알아? 의외의 인물이 셋이나 될지.”

그러고는 힘없는 목소리로 전화를 끊었다. 새끼, 그걸 위로라고 하나?

치승은 다시 소파에 드러누워 눈을 감았다. 내가 만약 박용기라면 누구를 지목했을까? 자신과 오재열 이름은 당연히 말했을 거 같다. 그리고 또 한 명이라면? 오재열과 붙어 다니는 이영찬도 꽤 뜯어먹었다고 하던데……. 툭하면 박용기를 지질하다 무시했던 장아람도 떳떳하진 않겠지……. 말 시켜도 대꾸 안 했던 정혜연도 박용기를 사람 취급 안 하는 건 마찬가지였고…….

의외의 인물로 생각보다 여러 명이 떠올랐다. 그중에 박용기는 누구 이름을 말했을까? 내가 만약 용기라면 그중에, 하다가 치승은 눈을 번쩍 떴다.

“내가 왜 그 새끼 입장에서 생각해야 하는데?”

우두둑 손가락이 부러질 듯 손마디를 꺾었다.

사건 발생 **2일째**

재빈

평화중학교는 현 교장의 조부가 세운, 비교적 역사가 짧은 학교였다. 학교 이름에서도 알 수 있듯이 '평화'라는 신념을 기반으로, 인재보다는 인간을 양성하겠다는 것이 평화중의 교육 목표였다. 하지만 지식을 들이부어 인재를 만드는 게 쉽지, 정신 제대로 박힌 인간을 만든다는 게 어디 쉬운 일이겠는가? 평화라는 교명을 지을 때부터 알아봤지만 막연한 신념이 오히려 악영향을 주기도 했다. 서울대 진학률 1위, 자살률 1위인 학구열 높기로 소문난 지방의 어느 교육감이 학생들의 자살을 막기 위해 모든 교내 창문을 10센티 이상 열리지 않게 만들도록 지시했다는 코미디가 남의 일만은 아니었다. 빵 셔틀을 없애겠다고 매점을 폐쇄한 교장 선생님의 아이디어가 엉뚱하게 박용기 사건을 만들어 버렸으니 블랙 코미디가 따로 없었다.

그래도 평화라는 신념에 걸맞게 다른 학교엔 없는 독특한 공간이 하나 있었는데 그게 바로 익명 게시판 '와글와글'이었다. 물론 전적으로 익명은 아니었고 게시판을 관리하는 선생님은 알 수 있었지만 웬만큼 심한 내용이 아니면 제재하지 않는 것이 불문율이었다. 그래서 '영어 쌤 발음 완전 구려.' 같은 선생님에 대한 '디스'가 실리기도 했고 '1학년 8반 교생 선생님, 완전 사랑합니다.' 같은 고백이 이뤄지기도 했다. 그렇다고 와글와글에 엄청 많은 글이 올라오지는 않았다. 아무리 봐준다 해도 학교 홈페이지에 속한 공간인 데다 관리자가 선생님이라 신경이 안 쓰일 수 없었다.

아주 드물게 인기 게시물이 올라오기도 했는데 얼마 전 노총각 음악 선생님의 데이트 사진이 그랬다. 우연히 데이트 현장을 목격하고 찍었다던데, 음악 선생님과 여자 친구의 사진은 조회 수가 장난 아니었다. 피아노 반주를 하던 긴 손을 뻗어 '셀카'를 찍는 선생님 커플을 몰래 찍은 사진. 사진을 올린 학생의 닉네임도 '파파라치'로 익살맞았다. 물론 지금 그 사진을 와글와글에서 찾을 수는 없다. 아쉽게도 개인의 사생활 관련 글이라 하루 만에 내려지는 비운(?)을 맞았기 때문이다.

한동안 음악 선생님이 티 나게 얼굴을 구기고 다녔기에 파파라치에게 엄청난 벌점이 매겨질 거란 얘기가 돌았는데 결국 누군지 신상도 밝혀지지 않은 채 끝이 났다. 어쨌든 그 사건으로 평화에 대한 학교의 의지를 인정하는 아이들도 생겼으니 와글와글은 학교의 교육 이념에 대한 홍보 역할을 톡톡히 한 셈이었다.

화요일이 끝나 가는 늦은 밤, 운동장 주변의 보안등 말고는 평화중학교의 모든 것이 잠들어 있었다. 한낮이면 살랑살랑 흔들리던 커튼도 꽉 닫힌 교실 창문 때문에 제자리에 차렷하고 있었고, 쉴 새 없이 누르는 아이들 손에 시달렸던 정수기도 푹 쉬고 있었으며, 드르륵, 탕탕 열리고 닫히느라 수없이 상처받았던 교실 문도 정적 속에 잠겨 있었다. 2층 여자 화장실 세면대의 네 번째 수도꼭지가 덜 잠긴 탓에 물방울을 똑똑 떨어뜨리고 있었지만 전체적인 고요를 깰 정도의 소음은 아니었다.

그 시간 김재빈은 특목고 집중반에서 고개를 푹 숙인 채 수학 문제를 푸느라, 윤보미는 한 귀로 인터넷 강의를 들으며 만화책을 들춰 보느라, 허치승과 오재열은 학원 끝나고 들른 피시방에서 각자 열나게 게임 레벨을 올리느라 와글와글에 글 하나가 올라온 것을 까맣게 모르고 있었다.

'박용기 교통사고의 진실'이란 제목의 짧은 글은 그 밤 입소문을 타고 엄청난 댓글과 조회 수를 만들고 있었지만, 그 글에 이름이 거론된 아이들과, 카톡을 차단한 윤보미 같은 아이, 혹은 문자나 카톡을 해 봐야 공부하는 데 방해된다며 신경질 부릴 것이 뻔한 정혜연 같은 아이, 진짜 왕따라서 누구의 관심조차 받지 못한 박용기 같은 아이는 아무것도 모른 채 밤을 보내고 여느 날과 다름없는 아침을 맞이했다.

재빈은 학교에 와서야 그 사실을 알았다. 교실로 들어오는데 먼저 와 있던 아이들이 모두 재빈에게 눈길을 모았다.

뭐지 싶었지만 호들갑 떠는 것과는 워낙 거리가 멀기에 재빈은 침착하게 자리에 앉았다. 무슨 일일까 분위기 파악을 하는데 정혜연이 다가왔다. 전형적인 미인형 얼굴에 전교 상위권 성적까지, 얼핏 보면 천하무적으로 보이지만 인간미가 없다는 것이 정혜연의 큰 약점이었다. 바늘로 찌르면 얼음물이 나올 거라고 놀림받을 정도로 표정도 언제나 쌀쌀맞았다.

"정혜연 어디 미용실 다니는지 아는 사람? 어떻게 이 년째 똑같은 스타일에 똑같은 길이냐고! 혹시 뒷머리에 칩 장착돼 있는 거 아냐?"

오재열의 농담에 와, 하고 웃었지만 모두들 조금씩은 그럴지도 모르겠다고 생각했다. 정혜연은 사이보그나 외계인일지 모른다고. 오죽하면 '별에서 온 그대'라는 별명이 붙었을까? 그런데 아침부터 나한테 무슨 볼일이람!

"얼굴 보니까 완전 깜깜한 것 같네. 와글와글에 글 올라온 거 모르지? 하긴 나도 학교 와서 알았으니까. 거기 지금 난리 났어. 한번 들어가 봐."

정혜연의 말을 듣고 휴대폰으로 부랴부랴 학교 홈페이지에 접속했다. 박용기 교통사고의 진실이란 제목을 보고도 이게 나랑 무슨 관계가 있나 싶어서 태연하게 글을 읽었다. 물론 끝까지 태연한 얼굴로 읽을 수는 없었다.

지금 2학년 4반 박용기 군이 교통사고로 입원해 있습니다. 학교 앞 횡단보도에서 난 사고지만 사실을 알고 보면 그건 학교 폭력에 의한 왕따 사건입니다. 그날 박용기 군은 점심시간이 끝나기 전 빵을 사기 위해 편의점에 갔다 학교로 돌아오는 길에 사고를 당한 것입니다. 이것이 단순 교통사고라고 생각하십니까? 저는 이 사건의 가해자로 허치승, 오재열, 김재빈을 고발합니다. 이 세 명이 박용기 사건에 책임을 져야 하며 그것이 정의라고 생각합니다.

다 읽고 나서도 재빈은 멍했다. 잠시 뒤에야 '내가 왜?'란 의문이 떠올랐다. 멍하게 있는 재빈이 한심했던지 정혜연이 등을 밀었다.

"학생부 선생님이 와글와글 관리한다니까 어서 가서 지워 달라고 해."

그때 재빈보다 뒤늦게 허치승, 오재열이 교실에 들어왔다. 둘

다 멀쩡한 얼굴인 걸 보니 아무것도 모르는 눈치였다.

'저 녀석들보단 내가 가는 게 낫겠지.'

같이 이름이 묶였지만 재빈과는 질적으로 다른 부류였다. 담임이 오기 전 사자성어 쓰기를 시켜야 했지만 그것도 잊은 채 교무실로 내려갔다.

"박용기가 교통사고 났다는 건 알고 있었지만 이런 내막이 있었던 거야? 하지영 선생님이 아무 말 안 해서 전혀 몰랐네. 야, 밤늦게 올렸는데 댓글 수 봐라."

글을 올린 아이가 지난번 음악 선생님 특종을 터뜨린 파파라치라 더 조회 수가 높은 거 같다며, 학생부 선생님은 이 녀석 특종 잡는 건 아주 잘하네, 하고 칭찬 비슷한 말을 했다.

그 순간 재빈은 울컥했다. 특종? 그건 숨겨진 사건을 밝혔을 때 쓰는 단어 아니던가? 허위 사실이 아닌 진실에 한해서. 그런데 이런 말도 안 되는 글에 특종이라니?

초조한 재빈의 마음도 모르는지 학생부 선생님은 댓글까지 소리 내어 읽었다. 쉰 개가 넘는 댓글을 하나하나 읽을 때마다 재빈의 얼굴은 강도를 더해 일그러졌다.

허치승이 박용기에게 음료수 셔틀 시키는 걸 두 눈으로 똑똑히 봤다, 허치승, 오재열 언젠가 걸릴 줄 알았다, 쌤통이다, 김재빈 대박 쇼크, 김재빈 완전 가면 쓰고 살았던 거네…….

"선생님, 일단 삭제부터 하시죠. 스마트폰으로 읽는 애들도 있을 텐데 시간을 끌어서 좋을 건 없지요."

차가 막혀 늦었다는 담임이 교무실에 들어와 한마디 거들어 준 뒤에야 재빈은 겨우 어깨를 폈다.

"그런데 넌 왜 관련된 거야?"

학생부 선생님이 이 녀석 뭐가 있는 건 아니야, 하는 미심쩍은 얼굴로 물었다. 재빈은 뭐라 대답해야 할지 몰라 망설이다 그냥 고개를 숙였다.

"학급 회장이라 홀랑 뒤집어쓴 거지 얘가 무슨 상관이 있겠어요? 대통령한테도 책임을 묻지 않는데 무슨 학급 회장한테 이런 짓을 해?"

담임이 눈을 치켜뜨자 굵게 그린 아이라인도 따라 움직여 진짜 무섭게 보였다. 그 덕인지 학생부 선생님은 그 자리에서 삭제 버튼을 눌렀다.

'왜 내 이름을 쓴 걸까? 도대체 누가?'

수업 시간 내내 재빈은 집중을 할 수 없었다. 박용기 사건을 말한 걸 보면 분명 같은 반 아이가 올린 글이었다.

키가 커 뒷줄에 앉은 재빈은 필기하느라 고개를 숙인 까만 뒤통수들을 보면서 저 중에 누가 그랬을까 의문에 빠졌다. 나에 대해 뭘 안다고, 하다가도 함정에 빠뜨릴 만큼 누군가 나를 많이 미워한다는 뜻인가 하는 생각도 들어 울적해졌다.

'박용기 사건의 가해자라고? 내가 뭘 어쨌다고…….'

와글와글에 올라온 글에서는 어떤 확신이 느껴졌다. 담임 말처럼 학급 회장이라서 책임을 묻는 것이 아니었다. 재빈은 그게 무서웠다.

박용기와 부딪친 일이 있었나 싶었지만 같은 반이라는 것 말고는 교집합이 없었다. 단순히 내가 싫어서 이런 일을 벌인 건가? 그런데 누군가에게 미움을 살 만큼 나쁜 행동을 한 기억은 없었다.

같이 이름이 오른 두 아이는 어떤가 싶어 쳐다보니 허치승은 무표정했고 오재열은 풀 죽어 있었다. 역시 허치승이 리더답다고 해야 하나…….

와글와글 효과는 대단했다. 2학년 전체 인원수에 버금가는 조회수를 생각하면 당연한 일이기도 했다. 이동 수업을 위해 자리를 옮기는데도 아이들의 눈빛이 느껴졌고 복도를 걸을 때도 자꾸 움츠러들었다.

점심시간 전에 담임이 불렀다.

"혹시 몰라 묻는데 정말 너 아니지?"

네 하고 대답하고 고개를 숙였다. 잘못한 것도 없는데 이상하게 담임 눈을 쳐다볼 수 없었다.

"너, 내년에 전교 학생 회장 선거에 나갈 거라고 했잖아. 어머니 말씀으로는 새로 생긴 특목고에 리더십 전형으로 지원할 거라 하시던데…… 이런 문제 생기면 내년에 출마 못 해. 정말로 아무 문제 없는 거지?"

재빈의 대답을 재차 듣고서야 담임은 마음을 놓는 눈치였다.

"그리고 다 큰 녀석 손톱이 이게 뭐야?"

어느새 뭉툭해진 손톱이 보였다. 하루 종일 골똘히 생각하면서 손톱을 물어뜯었나 보다. 잘 없어지지 않는 재빈의 버릇이었다. 초조하거나 겁이 날 때 나타나는 버릇. 재빈의 마음 상태를 볼썽사나운 손톱이 여실히 보여 주고 있었다.

교무실을 나오는데 담임이 어깨를 두드려 주며 재빈아, 믿는다 하고 말했다.

치승

똑같이 45분 수업일 텐데 누가 시간을 늘려 놓은 것처럼 수업이 길고 길었다. 과학은 치승에게 취약이었다. 이미 학원에서 들었던 내용이고—들었다고 다 알 리는 없지만—어차피 흥미도 없었기에 치승은 애니메이션 제작에 몰입했다. 교과서 아래쪽에 인기 게임 캐릭터를 그린 뒤 다음 장에는 캐릭터의 팔을 조금 움직이고, 또 그다음 장에는 좀 더 팔을 올리는 식으로 계속 그려 나갔다. 얼굴 표정도 미묘하게 변화를 줬다. 책장을 연속으로 차르륵 넘기면 캐릭터가 움직이는 것처럼 보였다. 중간 연결이 자연스럽지 못한 것이 눈에 거슬렸지만 보기엔 무리 없었다.

국어책에는 레알 마드리드의 호날두가 공을 차는 장면을 연속으로 그렸다. 마지막 골 넣는 장면에는 골대 주변에 폭죽이 터지는 것까지 디테일하게 그려 넣었다.

"요 녀석 봐라. 수업 시간에 그림이나 그리고 있어?"

지난번 국어 선생님한테 걸려 볼을 꼬집혔을 때는 벌점을 받겠지 싶었는데 의외로 선선히 용서해 주셨다.

"일단 잘 그려서 용서해 준다. 그리고 호날두 말고 메시도 한번 그려 봐. 난 메시 팬이야."

젊은 국어 선생님은 치승의 취미를 보아 넘기면서 눈도 찡긋했다. 물론 수업이 아닌 시간에 그리라는 충고도 들었지만 뭔가 인정받은 것 같아서 으쓱했다. 치승은 많은 걸 바라지 않았다. 이렇게 실수했을 때 눈감아 주는 것만으로도 충분히 좋았다. 덩치가 크긴 하지만, 칭찬을 들으면 헤벌쭉 입이 벌어지는 열다섯 살이었다. 그런데도 어른들은 종종 그 사실을 까먹었다. 어른스럽게 행동하라지만 어른이 아닌데 어떻게 어른처럼 행동할 수 있겠는가? 공룡 새끼도 새끼일 뿐이다. 어른 다람쥐처럼 행동할 수 없는 게 공룡 새끼이고 치승은 그게 자신이라 생각했다.

다른 아이들은 뭘 하고 있을까? 이영찬은 쇠자를 구부렸다 펴기를 반복하고 있었다. 차력 쇼라도 연습하는 것처럼 보이지만 그냥 시간을 때우는 거였다. 이영찬의 자는 똑바로 직선을 그릴 수 없을 만큼 울퉁불퉁했다. 이영찬 뒤에 앉은 주승우는 고개를 숙인 채 공책에 뭔가를 쓰고 있었다. 아마도 옆에 앉은 짝과 모눈종이 공책에 오목을 두고 있을 거다. 안 봐도 비디오다. 주승우 근처에 앉은 정혜연은 칠판을 뚫을 것처럼 앞만 쳐다보고 있었다. 혼합물과 화합물 얘기가 저렇게 흥미진진할 수 있을까? 별에서 온 그대라는 별명처럼 이해 못 할 아이였다.

오재열은 뭐 하고 있으려나? 뒷모습만 보이지만 일단 똑바로 앉아 있기는 했다. 머릿속은 엉뚱한 생각으로 가득 차 있을 테지만 앉아 있는 자세만은 흠잡을 데 없었다.

담임의 말이 제대로 먹혔는지 오재열은 엊그제부터 눈치를 보며 치승을 멀리했다.

"분위기도 그렇고, 붙어 있어 봤자 좋을 것 없잖아."

치승도 같은 생각이었다. 하지만 치승의 얘기도 듣기 전에 잽싸게 돌아서서 이영찬에게 들러붙는 걸 보니 묘하게 열이 올랐다.

'저 새끼 봐라…….'

2학년이 된 뒤 줄곧 오재열과 붙어 다녔지만 친하다고 생각하진 않았다. 그건 아마 오재열도 같을 거라 믿었다. 늘 옆에 있던 오재열이 없어서 허전했지만 잠깐 어울리려고 다른 누군가를 옆에 두고 싶지는 않았다. 딱히 그러고 싶은 아이도 없었다. 쉬는 시간에 게임이라도 하면 아이들이 우르르 몰려들었지만 치승은 그중 누구와도 마음을 터놓고 얘기한 적이 없었다. 엄마가 없다는 걸 밝히기 싫어 집에 데려왔던 친구도 없었다.

왜 오재열과 함께했을까? 치승은 처음으로 궁금해졌다. 오재열이 만만하긴 했다. 아이들 괴롭히는 데 의기투합이 잘된 것도 있었지만, 그런 목적으로 뭉쳤다고 하면 진짜 나쁜 새끼 같아 인정하기 싫었다. 그렇다고 외로워서 같이 다녔다고 하자니 지질해 보여 비참했다. 치승과 오재열은 '그냥' 뭉쳐 다녔다. 이유가 없었기에 언제든 쿨하게 헤어질 수 있는 사이, 그게 둘의 관계였다. 박용기 사건 뒤 몸조심하는 눈치였는데 오늘 게시판 글까지 터졌으니 당분간 오재열은 치승 옆에 얼씬도 하지 않을 터였다.

와글와글 게시판 글은 학교에 와서야 알았다. 담임이 박용기 사건에 대해 입조심하라고 했지만 어차피 감출 수 있는 일은 아니었다. 3층 복도에 조르르 붙은 여섯 교실에는 하루면 소문이 다 돌았다. 그래도 공개적으로 비난을 받는 건 싫었다. 대놓고 쳐다보는 애들은 없었지만 복도를 지날 때면 뒤통수가 간질간질했다.

허치승 같은 새끼는 언제건 한번 당해야 돼.

이참에 아예 강제 전학이라도 갔으면 좋겠다.

내 말이……. 허치승이 강전 가야 진짜 평화중이지.

줄줄이 달렸던 댓글이 머릿속에서 맴돌았다.

내가 저희들한테 뭘 어쨌다고? 2학년 백팔십이 명 중에 치승에게 맞은 아이는 채 열 명도 안 됐다. 돈을 '빌린' 아이 수도 비슷했다. 그나마 올해는 박용기가 있어 다른 누구에게도 돈을 빌린 적이 없었다. 그런데 왜?

뭐라고 한 소리 할 줄 알았는데 담임은 게시판 글에 대해서는 시침 뚝 떼고 지나갔다. 알아서 자수하란 뜻이겠지…….

'근데 김재빈은 뭐냐?'

김재빈 이름이 같이 올라 있어서 황당했다. 치승도 놀랐으니 당사자는 말할 것도 없을 것이다. 김재빈은 하루 종일 멍한 얼굴로 손톱만 물어뜯고 있었다.

김재빈은 겉모습부터 모범생이었다. 코 주변에 여드름 몇 개가 송송 솟아 있긴 했지만 반듯한 이마, 영리해 보이는 눈매는 공부 잘하는 분위기를 물씬 풍겼고, 맨 위까지 다 잠근 교복 셔츠와 적당한 통으로 긴 다리에 걸친 바지는 신입생들에게 평화중 교복은 이렇게 입어야 한다고 보여 주는 매뉴얼이었다. 하지만 치승의 눈에는 그런 것들이 답답해 보였다. 정혜연의 쌀쌀맞음이 자연스럽다면 김재빈의 단정함은 어딘가 억지스러웠다. 타인의 눈에 그렇게 보이려는 절실함이 느껴진다고 할까?

"김재빈, 사회 선생님이 숙제 공책 걷어 오래."

아이들이 부르는 소리에도 흠칫 놀랐다. 소심한 자식……. 그래도 치승은 김재빈이 싫지 않았다. 김재빈은 치승에게 쫄지 않는 몇 안 되는 아이 중 하나였다. 지난번에 교실 청소를 빼지고 나가려

할 때도 치승을 부르더니 빗자루를 쥐여 주었다.

주먹을 휘두르고 욕을 하긴 해도 치승은 피해야 할 전염병 환자가 아니었다. 하지만 아이들은 입에 발린 소리를 하면서도 옆에 있는 건 꺼렸다. 앞에서 듣기 좋은 말을 해도 그게 본심이 아니란 건 치승도 알았다. 그러니 와글와글 게시판에 심한 댓글이 달리는 거라고 생각했다. 오재열마저 뒤에서는 치승을 씹어 댄다는 것도 어렴풋이 눈치채고 있었다.

치승은 자기 앞에서 살랑거리는 아이들을 보면 묘하게 마음이 불편했다. 알아서 먹을 걸 갖다 주고 숙제를 도와주는 애들이 어쩐지 자신을 나쁘게 만든다는 느낌이었다. 적어도 김재빈은 치승을 그렇게 대하지 않았다. 그때도 치승의 손에 빗자루를 쥐여 주면서 당당하게 말했다.

"특별한 사정 없으면 청소 당번 바꾸지 마."

"귀찮게도 하네. 하면 될 거 아냐!"

마지못해 따르는 척했지만, 치승은 누구나 똑같이 대하는 그 태도가 마음에 들었다.

'저 자식, 괜찮나?'

수업 시간 틈틈이 김재빈을 훔쳐봤다. 김재빈은 아랫입술이 하얗게 변하도록 꽉 깨물고 있었다. 모욕감을 견디는 거였다. 치승은 그 기분이 어떤 건지 잘 알았다. 엄마가 집을 나갈 때 치승의 얼굴이 저랬으니까. 누구에게도 맘껏 울면서 하소연할 수 없던, 더 강한 척해야 했던 치승과 똑같았다.

기운 내라고 등이라도 툭툭 쳐 줄까? 김재빈을 향해 손을 뻗다가 멈칫했다. 하마터면 괜찮으냐고 물어볼 뻔했다. 박용기 사건으로 정신이 없어서 그렇지 치승과 김재빈은 손톱만큼도 어울리지 않는 사이였다. 그걸 깜빡하고 두고두고 얼굴 붉힐 일을 저지를 뻔했다.

김재빈은 잘 벼린 칼로 썰어 놓은 김밥 같은 아이였다. 그것도 김밥의 끝부분은 빼고 빨강, 노랑, 초록의 어울림이 보이도록 하얀 접시에 정갈하게 담아 놓은 김밥. 그에 반해 치승은 시금치나 단무지가 삐죽이 튀어나와 있는 꽁다리 같은 아이였다. 한 접시에 놓기 민망한 김밥 꽁다리…….

그런 아이가 허치승, 오재열과 같이 이름이 거론되었으니 정신이 쏙 빠질 정도로 놀랄 일이긴 했다. 허치승과 오재열은 예상 가능한 시나리오였지만 김재빈은 사실 여부와 관계없이 반전이자 충격이었다. 치승 생각에 와글와글 게시판 글은 김재빈을 겨냥해 쓴 글이었다.

누가 그렇게 김재빈을 엿 먹이고 싶어 할까? 성적으로 라이벌인 정혜연? 치승은 고개를 저었다. 상위권 아이들 소식이야 잘 몰랐지만 정혜연은 부동의 1등이라 들었다. 혹시 고백했다 차인 여학생? 첫 번째보다는 확률이 높았지만 이 가설 역시 아니었다. 김재빈이 인기 있다는 얘기는 들어 보지 못했다. 김밥도 꽁다리가 더 맛있는 것처럼 김재빈보다는 차라리 치승이 여학생들에게 더 인기 있었다.

'설마 박용기?'

박용기 얼굴이 떠오르자 뱀처럼 긴 실눈이 됐다. 이미 담임에게 얘길 했는데, 굳이 게시판에 알릴 이유는 없어. 아니야, 공개적으로 나랑 오재열을 엿 먹이려는 의도일지도 몰라. 그런데 만약 박용기라면 왜 김재빈을 끌어들였을까?

입술을 잘근잘근 씹으며 생각에 잠겼던 치승은 두서없이 떠오르는 생각에 머리를 쥐어뜯었다. 복잡한 생각이 두피를 뚫고 나오기라도 하듯 머리가 간질거렸다. 그렇게 한참을 쥐어뜯다가 갑자기 앗, 비명을 질렀다. 얼굴에 이어 두피까지 점령한 여드름이 조심성 없는 손길에 툭 터졌는지 손가락엔 피가 묻어 있었다.

'피 봤잖아? 어떤 새낀지 잡히면 가만 안 둬.'

치승은 손가락에 묻은 피를 교복 바지에 거칠게 닦았다.

보미

"네가 윤보미지? 월요일 점심시간에 외출했던 애?"

수위 아저씨가 교문 옆에서 기다리고 있다가 등교하는 보미를 붙잡았다. 담임 선생님 도장이 찍힌 외출증도 분명히 드렸는데 무슨 일이지? 잠깐 얘기 좀 하자며 수위실로 보미를 데리고 들어간 아저씨가 다급하게 물었다.

"너, 그날 사고 난 남자애 전화 안 받았지?"

아저씨가 어떻게 알고 있지? 무슨 소리냐며 발뺌해야 하는데 너무 놀라서 반응이 느렸다. 겨우 아니에요, 대답했지만 아저씨는 확신에 찬 얼굴로 말했다.

"그때 옆 공구실에 있었어. 네가 병원 갔다 들어올 때 전화벨이 울렸잖아. 저기, 뭐더라. 요즘 유행하는 그 노래."

아저씨가 어울리지 않게 콧노래를 흥얼거렸다. 음이 정확하진 않지만 보미의 휴대폰 벨 소리가 맞았다. 하필 최신 유행 가요로 했더니 기억하기가 쉬웠나 보다.

수위실 옆에는 공구를 놓아두는 창고 비슷한 공간이 있었다. 제설 작업에 쓰이는 염화나트륨을 담은 통이나 커다란 플라스틱 삽, 교내 봉사 활동에 쓰이는 빗자루와 집게 등을 놓아두는 곳이었다. 아저씨는 보미가 돌아올 때 거기에 있었다고 했다.

정말 공구실에 있었을까? 보미는 마음을 가라앉히고 곰곰이 생각했다. 수위 아저씨가 공구실에 있었다고 해도 거기에는 창문이 없다. 벨 소리는 들었을 수 있지만 그게 박용기에게 온 전화라는 걸 증명할 수는 없을 터였다.

"벨이 울린 건 맞지만 그 애 전화는 아니었어요."

수위 아저씨가 잠깐 생각하는 표정을 짓더니 물었다.

"그런데 왜 그 애가 너를 향해 손을 흔들었니? 그 녀석 중앙 현관 앞에 서 있었잖아?"

아뿔싸, 공구실 문의 특징을 까먹다니! 공구실에는 창문이 없는 대신 통풍과 채광을 위해 나뭇조각을 이어 붙인 갤러리 문이 달려 있었다. 돈을 절약할 셈으로 만들어 그런 건지, 아니면 솜씨 없는 목수 때문에 그런 건지 유난히 듬성듬성한 나무판 사이로 바깥이 보였을 거다. 수위 아저씨는 사고 직전 상황을 본 목격자였다.

보미의 난감한 마음을 눈치챘는지 수위 아저씨가 승리의 미소를 지었다.

"내 말이 맞지? 그래도 너무 걱정하지 마. 그 일로 너한테 뭐라 할 생각은 없으니까. 그 대신 부탁 하나 하마. 혹시 그 시간에 내가 어디 있었느냐 물으면 수위실에 있었다고, 그렇게만 말해 줘."

지금 나한테 거래를 제안하는 건가? 도대체 왜? 사뭇 진지한 얼굴로 말하는 아저씨를 보며 빠르게 머리를 굴렸다. 친구의 전화를 거절한 것과 근무 시간에 근무지를 이탈한 것 중 어느 것이 더 큰 죄일까? 가만, 수위실 바로 옆 공구실에 있었을 뿐인데도 근무지 이탈이라 말할 수 있을까? 근무지 이탈이 아니라면 어째서 이런 부탁을 하는 거지?

"그걸 누가 물어본다는 거예요?"

질문의 주체를 알아야 거래를 할 게 아닌가. 보미가 따져 묻자 수위 아저씨가 주위를 살폈다.

"어제 Y방송국에서 취재 나왔어. 기자인지 피디인지 모르겠지만 무슨 수첩을 든 사람이 학생 교통사고에 대해서 아는 게 없느냐고 물었단 말이야."

어제 청소 끝내고 집에 갈 때 학교 근처에서 Y방송국 취재 차량을 얼핏 보긴 했다. 그게 박용기 사건에 대한 취재였단 말인가? 그런데 사고 난 지 얼마나 됐다고 벌써 취재를 하지?

"정확히 무슨 취재래요?"

"왜 그러느냐고 물어도 대답을 안 해 주니 무슨 취재인지는 나도 모르지. 다만 혹시 사건을 목격했느냐 묻기에 수위실 안에 있어서 못 봤다 대답했어."

아저씨가 풀이 죽어 대답했다. 그러더니 요즘은 이 자리도 노리는 사람이 많아 해 먹기가 힘들다고, 조금만 흠이 있어도 바로 잘린다고 했다. 아저씨는 전에는 괜찮은 회사에 다녔는데 육십도 되기 전에 잘렸고 아직 취업을 못한 자식 때문에 이 일이라도 꼭 붙들고 있어야 한다며 신세타령까지 했다. 낡은 점퍼와 희끗한 머리를 보니 보미 마음도 약해졌다. 그래도 뭔가 찜찜했다.

"바로 옆 공구실에 있었던 건데 그냥 그렇다고 말씀하시면 되잖아요."

보미 말에 아저씨가 불뚝 성을 냈다.

"거, 되게 말 많네. 공구실 정리하느라 잠깐 있었을 뿐인데 학생 들고나는 것도 확인 안 했느냐며 괜한 잔소리 들을까 봐 부탁하는 거라고."

결국 아저씨의 말은 그 시간의 알리바이를 보증해 달라는 거였다. 수위실이나 공구실이나 그게 그거 아닌가? 보미가 망설이자 아저씨가 무서운 표정을 지었다.

"그 애 빵 사러 나갔다가 사고 난 거라며? 내 생각엔 교문에 들어오는 널 보고 부탁하려 했을 것 같은데……. 그렇다면 너도 떳떳하지 못할 테니까 잘 좀 부탁한다."

아저씨의 험상궂은 얼굴에 기가 죽었다. 뭐야, 무섭잖아. 보미가 고개를 끄덕였다. 부탁을 가장한 압박에 눌려 거래가 성사됐다.

수위 아저씨와의 수상한 거래로 아침부터 기운이 쭉 빠졌는데 교실에선 또 다른 소란이 기다리고 있었다. 와글와글 게시판 이야기였다. 카톡을 차단했던 보미는 게시판 일을 학교에 와서야 알았다.

"진짜 김재빈이라면 대박 아니냐?"

"그렇긴 한데 걘 지난번에 박용기 병문안 갈 생각까지 했잖아. 거리낄 게 없으니까 그런 말을 했겠지."

"어쨌든 그 애들이 자수 안 하면 우리만 골탕 먹잖아. 그러니까 세 명이 누군지 찾아내면 되지 않나? 그 뭐냐, 휴대폰에도 기록이 남아 있을 거 아냐?"

"그날 박용기 휴대폰 갖고 있었대. 몸을 그렇게 다쳤다는데 휴대폰인들 멀쩡하겠냐? 액정 다 나갔을걸?"

"그런 건 금방 복원돼. 통화 기록은 물론이고 지운 문자까지 다 나온다고 하던걸."

마지막 말에서 숨이 컥 멈췄다. 비록 전화를 받지는 않았지만 마지막 통화 기록엔 보미 이름이 있을 터였다. 급하게 학교 밖으로 나가면서 또 다른 아이와 통화를 했을 리 없었다. 수위 아저씨의 입을 막았다고 끝난 게 아니었다. 휴대폰이 복원되면 바로 발각될 일이었다.

'휴대폰이 복원되기 전에 세 명이 자수를 해야 할 텐데…….'

초조함에 입술이 바싹 말랐다.

분명 선생님은 뭐라 설명을 하는데 마치 무성 영화를 보는 듯 아무 소리도 귀에 들어오지 않았다. 쉬는 시간까지 얼마나 남았나 뒷벽에 걸린 시계를 보려는데 온 세상의 빛이 다 꺼진 것처럼 어두운 얼굴의 김재빈이 보였다.

'쟤는 어쩌다 제3의 아이로 몰렸을까?'

댓글을 읽어 보니 이참에 김재빈을 바닥으로 끌어내리겠다는 의지가 느껴질 만큼 심한 내용이었다. 그건 허치승, 오재열도 마찬가지였지만 두 녀석이야 당연히 감수해야 할 일이었으니 아무래도 동정표는 김재빈에게 모였다. 물론 동정 어린 시선 중에는 혹시, 하는 의구심도 섞여 있었다.

보미가 전학 왔을 때 반에서 가장 눈에 띈 아이는 김재빈이었다. 보미가 전학 온 날 김재빈은 청소년 UCC 경연 대회에서 입상해 전교생 앞에서 상을 받았다. 원래 UCC 만들기는 도덕 수행 평가 과제였다고 했다. 일 분 내외로 만들어 제출하면 될 것을 김재빈은 육 분 분량으로 만들었고, 그걸 도덕 선생님이 대회에 출품해 상을 받게 된 거였다. 스마트폰으로 촬영했는데도 편집 화면과 음악을 잘 조합해 영상미를 높였다고 선생님도 칭찬을 하셨다.

'오호, 범생이답지 않게 예술적 안목까지 있단 말이네.'

제목이 '리얼 중딩 라이프'였다던가? 평화중 아이들의 생활 모습을 여러 컷 찍어 연결한 영상물이라 했다.

"한 80퍼센트는 우리 반 애들이야. 저런 애가 다른 반 들락거리며 찍었을 리가 없잖아. 우리가 전부 무료로 모델이 돼 줬으니까 상을 받은 거지, 안 그랬으면 어림도 없어. 그러니까 상금의 80퍼센트는 우리한테 돌려야 한다니까?"

이영찬이 투덜거렸기 때문에 김재빈은 상금 일부를 덜어 내 피자 파티를 열기도 했다. 피자를 먹으면서도 이영찬은 하필 다래끼 난 모습을 찍었다고, 혹시 인터넷에 영상이 돌아다니면 어쩔 거냐며 불만을 터뜨렸다.

무뚝뚝하지만 반듯했던 아이가 구겨진 얼굴로 앉아 있었다. 나만큼 김재빈도 범인들이 나타나길 기다리겠군. 누가 제3의 아이일까? 물론 정답이야 찾기 쉬웠다. 허치승, 오재열과 제일 많이 어울려 박용기를 괴롭혔던 놈이 제3의 아이일 텐데 두 녀석이 그게 누군지 바로 말해 주느냐가 관건이었다.

보미는 허치승을 돌아봤다. 깊숙이 고개를 숙이고 있었다. 만화라도 그리는 눈치였다. 늘 심드렁해 보이는 아이지만 만화를 그릴 때 얼굴은 꽤 진지했다. 이럴 때 도움받을 수 있게 진즉 친하게 지낼걸……. 아님 털이 보송보송한 백도 복숭아를 허치승 얼굴에 들이대며 협박이라도 해 봐?

보미는 허치승의 복숭아 알러지에 대해 알고 있었다. 지난여름, 아버지와 함께 가게에 왔던 허치승이 몸이 가렵다며 밖으로 피하는 걸 본 적도 있었다.

"여기 복숭아 있었네. 저 녀석은 여지없이 반응한다니까."

그날 보미는 가게 뒤 부엌에서 허치승의 모습을 몰래 지켜봤었다. 아버지 옆에 서서 과일을 둘러보던 허치승은 불량함이라곤 찾아볼 수 없는 얌전한 소년이었다. 불량함은 학교 올 때 몰래 착용하는 액세서리로 보일 정도였다.

학년 '짱'으로 소문 난 녀석인데 그런 약점이 있다는 게 알려지면 타격을 입지 않을까? 하다못해 오재열이 알게 되면 허치승 얼굴에 백도를 문지르며 자기가 짱 자리에 앉으려 들지도 모를 일이었다. 영화 속에 나오는 조직의 '넘버 투'들은 언제나 '넘버 원' 자리에 오르기 위해 온갖 계략과 술수를 쓰는 자들이었다. 오재열이라면 언제든 배신할 넘버 투 역할에 적격이었다. 박용기 사건이 터진 후 허치승 옆에는 얼씬도 안 하고 이영찬과 다니는 것만 봐도 그랬다. 오재열이 양손에 복숭아를 들고 달려오고, 허치승은 그걸 피해 도망가는 황당한 상상이 꼬리를 물고 이어졌다.

정신 차려, 윤보미! 눈을 부릅뜨고 선생님을 쳐다봤지만 털을 바짝 세운 복숭아가 머릿속에서 지워지지 않았다.

치승

수업이 끝난 후 오재열과 이영찬이 치승의 옷자락을 잡더니 옥상 올라가는 계단으로 이끌었다.

"야, 진짜 큰일 났어."

운동으로 다져진 단단한 근육질 몸에 어울리지 않게 이영찬이 호들갑을 떨었다. 게시판에 공개적으로 이름이 올랐으니 큰일이긴 했다. 그렇지만 이영찬까지 웬 난리람.

"갑자기 왜 이러는데?"

치승이 눈을 치켜뜨자 이영찬이 주위를 두리번거렸다.

"어제 학교 앞 편의점에 방송국에서 취재 왔었대. 방송국 기자가 어떤 아저씨랑 인터뷰를 하는데 그 아저씨가 박용기 교통사고 얘기도 했대."

가슴이 쿵 내려앉았다. 치승의 목소리가 갑자기 커졌다.

"왜?"

이영찬 여동생이 편의점 앞에 서 있는 방송국 차량을 보고는 혹시 촬영 나왔나, 연예인이라도 만나려나 하는 호기심에 굳이 들어가서 음료수 한 병을 샀고 거기서 직접 들은 이야기라 했다.

확실한 거냐고 묻는 치승의 말에 이영찬이 심각하게 대답했다.

"나랑 연년생 동생이야. 어젯밤 와글와글 게시판에 글 올라온 것도 다 읽어서 알고 있어. 허치승, 오재열 이름이 있던데 혹시 오빠도 관련된 거 아니냐며, 엄마한테 이르겠다고 해서 용돈 털어서 간신히 입 막아 놨어."

태연한 척하려 했지만 어느새 손끝이 차가워졌다. 방송국에서 취재를 나왔다면 학교 밖까지 소문이 퍼졌다는 뜻이었다. 언제 일이 그렇게 커진 거지? 발 딛고 있는 바닥이 와르르 무너지는 것 같았다. 잠깐 눈앞이 아찔했지만 두 녀석이 눈치채지 않게 계단 난간을 힘껏 부여잡았다.

두 녀석의 표정도 치승 못지않게 심각했다. 오재열은 초조한 듯 연신 입술을 빨아 댔고 이영찬도 혹시 누가 듣는 건 아닌지 이리저리 눈알을 굴렸다.

우두둑, 손마디를 꺾으며 생각했다. 지금 뭘 어떻게 해야 하지? 어차피 벌어진 일이고, 치승이 해결할 수 있는 건 없었다.

"그래서 뭘 어쩌라고?"

치승은 기죽지 않은 척 도발적으로 물었다.

"아씨, 모르겠어. 우리 뭔가 증거로 남을 만한 거 없지?"

될 대로 되란 식으로 오재열이 내뱉었다.

"카톡이랑 문자는 다 지웠는데……."

이영찬이 자신 없이 말했다. 지워도 복원된다는 걸 모르지 않으니까. 치승도 문자를 보낸 적이 있던가 돌이켜 봤다. 문자나 카톡을 보낸 기억은 없었다. 그나마 다행이란 생각이 들었다. 오재열, 이영찬, 열심히 문자 보내더니 쌤통이란 생각도 함께…….

치승의 얄미운 생각을 읽은 것처럼 이영찬이 슬그머니 말했다.

"에이, 몰라. 여기서 이런다고 뭐가 해결되는 것도 아니고. 너희 둘이라도 어서 자수하든가."

눙치듯이 말했지만 너희 둘은 범인이고 나는 아니라는 선언이었다. 이영찬, 이렇게 발뺌하겠다는 거야? 치승이 매섭게 노려보자 이영찬이 딴청 피우듯 고개를 돌렸다.

축구를 잘하는 이영찬. 기가 막히게 수비를 뚫고 돌파하는 메시와 비슷해서 평화중의 메시, 피스 메시란 별명을 갖고 있지만 경기를 할 때 중요한 찬스에도 다른 선수에게 패스를 하지 않고 단독으로 처리하려다 결정적 실수를 범할 정도로 이기적인 데가 있었다. 노골적으로 발뺌하려는 걸 보니 축구 스타일만 그런 건 아니었다.

"이 새끼, 말하는 것 좀 봐. 계속 같이 했잖아. 뭐가 그렇게 떳떳한데? 그날 배고프다 지랄한 것도 너잖아."

오재열이 이영찬의 멱살을 잡았다.

"그래, 배고프다고 했다. 하지만 빵 사 오라 시킨 건 너였어. 어디서 덤터기를 씌워?"

메시처럼 키가 작지는 않은 이영찬이 오재열의 멱살을 가볍게 풀며 대꾸했다. 이영찬이 꼴 보기 싫기는 하지만 물고 늘어지는 오재열도 추하긴 마찬가지였다. 같이 어울릴 때도 단단하다 느끼진 않았지만 이렇게 작은 의심에도 쉽게 허물어지는 관계였나 싶어 씁쓸했다.

"둘 다 그만해. 아직 확실한 정보도 아니잖아."

치승이 말리자 간신히 상황이 정리됐다. 이영찬은 기분이 풀리지 않는지 씩씩거리며 간다는 말도 없이 가 버렸다.

"근데 우리 어떡해야 되냐?"

오재열이 물었지만 답은 알 수 없었다. 치승의 대답을 기다리던 오재열이 다시 물었다.

"아직도 변함없어? 담임 말 믿고 자수할 거야?"

응, 하고 당당하게 대답해야지 싶었는데 차마 그 소리가 나오지 않았다.

"고민 중이야. 넌 안 할 거지?"

오재열 앞에서 약한 모습을 보이고 말았다. 동지 의식을 느꼈는지 오재열이 희미하게 웃었다.

사건 발생 **3일째**

재빈

끔찍했던 하루가 지났다. 조회 시간에 자수한 사람이 있는지 묻자 담임은 아직 없다고 대답하더니 한숨을 푹 쉬었다.

“아직 시간이 더 있으니까 기다려 보자.”

담임의 말이 끝나자 아이들이 허치승 쪽을 힐끔거렸다. 물론 재빈에게 와 닿은 시선도 있었다.

‘이런 망할, 난 아니야!’

소리라도 지르고 싶었다.

화장실을 갔다 와서 과학책을 펴는데 곱게 접힌 메모지가 보였다. 딱지처럼 단단하게 접힌 모양이 아무에게나 함부로 보이지 말라는 경고 같았다. 잠깐 사이에 누가 놓고 갔을까? 당당하게 전하지 못한 건 혹시 욕이라도 쓰여 있어서인가? 게시판 일로 마음이 찜찜한 재빈은 손으로 가리며 조심스럽게 메모지를 폈다. 욕은 아니었다.

'너 아닌 거 알아. 제3의 아이 빨리 찾아야지. 윤보미랑 손잡아. 도움이 될 거야.'

처음 배운 것처럼 삐뚤빼뚤한 글씨. 누가 이렇게 개판으로 쓰나 했는데 가만 보니 왼손으로 쓴 글씨였다. 문자나 카톡은 뒤지면 나올 테니 이렇게 아날로그적으로 보냈겠지. 게다가 정체를 감추려 왼손으로 쓰고. 꽤 지능적이었다. 무엇보다 재빈을 믿는다는 내용에 힘이 솟았다.

도대체 누구지 싶어 둘러보는데 강우주랑 눈이 딱 마주쳤다. 짙은 눈썹, 커다란 눈망울에 비밀이 가득해 보였다. 강우주, 너니? 눈빛으로 보낸 질문에 대답도 않고 강우주가 재빨리 고개를 돌렸다. 아닌가?

강우주가 맞든 아니든 응원군의 등장이 반가웠다. 그리고 메모에 적힌 말도 맞았다. 어제보다는 훨씬 관심의 폭이 줄었지만 재빈이 지나가면 쳐다보는 눈길이 여전히 심상치 않았다. 얌전한 척하더니…… 더러운 새끼, 정도의 욕이 표정에서 읽혔다. 어서 제3의 아이를 찾아내 누명을 벗어야 했다. 그런데 윤보미랑 손잡으란 건 무슨 뜻일까?

지능 지수가 높은 정혜연도 아니고, 여자아이 중 제일 짱짱한 카리스마를 가진 장아람도 아니고 왜 윤보미일까? 은밀하게 재빈과 접선을 했으면 좀 근사한 요원을 추천해야 하는 거 아닌가?

윤보미는 5월 초에 전학 온 아이였다. 전 학교에서 엄청 수재였다고 해서 살짝 긴장감을 조성했지만 첫 시험에서 시골 출신의 지역적 한계를 드러내며 중위권 성적을 보였다. 그러고 보니 전학 온 첫날의 당돌한 모습도 어렴풋이 기억났다.

자기소개를 하라는 담임 선생님 말에 윤보미는 대뜸 '월터 크롱카이트'라고 칠판에 적었다. 저게 뭐야, 애들이 수군거릴 때 월터 크롱카이트는 미국인들이 존경하는 앵커라고 하면서 자기는 이 사람처럼 정확하고 신뢰를 주는 앵커가 되는 게 꿈이라고 했다. 그리고 나이가 들면 오프라 윈프리처럼 따듯한 진행자로 남고 싶다며, 상기된 얼굴로 말했다. 적당히 국내 아나운서 이름 하나 말할 것이지 좀 튄다 싶었는데 아니나 다를까 윤보미의 소개가 끝나자 장아람이 피식거리며 말했다.

"재 뭐래니?"

나직하지만 뒤끝이 느껴지는 말투였다. 처음이라 특별한 자기소개를 하려고 했을 테지만 보기에 따라선 잘난 척 같았을 그 행동 때문에 한동안 장아람 눈 밖에 났다는 얘기를 들었다. 그래도 아주 눈치가 없진 않은지 그 후로 알아서 잠잠하게 지내며 여자아이들과 관계를 회복한 듯 보였다. 허치승처럼 막 나갈 거 아니면 튀어서 좋을 게 없는 곳이 학교였다.

윤보미를 보는데 수첩에 뭔가를 적고 있었다. 재빈이 무릎을 쳤다.

'맞아, 앵커 준비를 하느라 무슨 일이든 육하원칙에 맞춰 생각하는 습관이 있다고 그랬어.'

평소와 다를 바 없는 교실인데 저 애는 뭘 적는 걸까? 윤보미의 수첩에 뭔가 적혀 있다면 제3의 아이를 찾는 데도 도움이 되겠지. 그래, 손을 내밀자. 망설일 시간도, 여유도 없었다.

과학 시간이 끝나기 무섭게 윤보미 자리로 가서 잠깐 얘기 좀 하자고 전했다. 윤보미를 데리고 복도로 나오는데 강우주가 또 슬쩍 쳐다보다가 고개를 돌렸다. 오호, 메모의 발신자는 강우주가 확실하구나. 아무리 아닌 척 시침을 떼도 궁금해서 흘끔거리는 게 어쩔 수 없는 열다섯 살 비밀 요원의 한계였다. 그래도 강우주가 원하니 모르는 척해야겠지.

'네 말대로 윤보미에게 손 내밀었다. 됐지?'

어쨌든 아군이란 느낌이어서 강우주의 관심이 싫지 않았다.

"나 좀 도와줘. 담임이 말한 제3의 아이 같이 찾자."

재빈의 요청이 너무 급작스러워서일까? 윤보미가 단칼에 거절했다.

"미안하지만, 할 마음도 없고 능력도 안 돼."

튀고 싶지 않은 마음도, 귀찮다는 생각도 이해 못 하진 않았다. 하지만 교실로 돌아가려는 윤보미의 어깨를 잡아당겼다.

"그러지 말고 같이 하자. 네가 날마다 적은 메모 속에 무슨 단서가 있을지도 모르잖아. 좀 도와줘."

재빈의 말에 안경 너머 윤보미의 눈이 동그래졌다. 영화에선 여자들이 넘어올 때 흔히 이런 리액션을 보이는데, 그럼 내 제안에 '콜'이란 뜻이겠지? 재빈이 윤보미를 향해 싱긋 웃었다.

보미

김재빈은 내 메모 습관을 어떻게 알았지? 김재빈 말대로 보미는 날마다 다이어리에 메모를 했다. 하지만 거기서 얻을 단서는 하나도 없었다. 보미 다이어리에는 인기 아이돌 그룹의 리더가 주인공인 '팬픽' 글만 빼곡하게 적혀 있었다. 김재빈은 완전히 헛다리를 짚은 거였다. 그렇지만 메모 습관을 알아챌 정도의 눈썰미라면 제3의 아이를 찾는 데에도 쓸 만하겠다는 생각이 들었다. 어쨌든 휴대폰 통화 내역이 복원되기 전에 세 명이 자수하는 것이 보미에게도 최상의 시나리오였다. 보미는 김재빈의 제안을 받아들이면서 조건을 하나 걸었다.

"그 대신 허치승도 같이 하는 걸로."

김재빈이 뜨악한 표정을 지었다. 허치승 이름에 이런 반응을 보이는 것도 당연했다.

"알아, 허치승이 제1의 아이인 것도. 그러니까 같이 하자는 거야. 그 애야말로 누가 박용기를 괴롭혔는지 제일 잘 알지 않겠니?"

틀린 말이 아니니 김재빈도 인정하는 얼굴이었다.

"그런데 치승이가 하려 하겠어?"

보미는 어제 수업 시간 내내 머릿속을 떠나지 않던 승부수를 던질 생각이었다.

급식 시간, 게시판 글로 뒤숭숭한 분위기 탓인지 허치승은 오재열, 이영찬과 멀찍이 떨어져 혼자 밥을 먹고 있었다. 큰 덩치에, 함께 몰려다니는 애들 때문에 위협적으로 보일 때도 많았는데 혼자 있으니 딱 중2 아이였다. 덩치 큰 중2!

보미는 허치승 맞은편에 앉아 복숭아맛 요플레를 가리켰다.

"이 요플레 먹어도 돼? 너 복숭아 알러지 있잖아?"

숟가락 가득 밥을 떠서 입에 넣던 허치승이 보미의 말에 사레가 들려 캑캑거렸다. 그러더니 얘 뭐지 하는 눈빛으로 바라봤다.

많이 궁금해하니 답을 줘야겠다 싶어 보미가 여유 있게 웃으며 말했다.

"그린빌 아파트 사거리 싱싱 청과가 우리 가게야. 항상 아버지랑 같이 와서 주문했잖아. 너희 집 과일 진짜 많이 먹더라. 한 주에 한 번씩은 꼭 배달해 먹잖아. 물론 복숭아 빼고!"

별말을 한 것도 아닌데 허치승 얼굴이 벌게졌다. 그래도 아직 보미를 믿지 못하겠는지 여전히 의심스러운 눈치였다.

"가게에서 나 본 적 없지? 가게 뒤편에 작은 주방이 있어. 바쁠 땐 가게에서 밥도 차려야 해서. 너 왔을 때 거기 있어서 못 봤을 거야. 근데 너 이거 먹어도 돼? 알러지 있잖아?"

알러지란 말을 할 때마다 허치승 얼굴이 일그러졌다. 요거 약점 맞네. 그래도 기죽기는 싫은지 통명스럽게 대꾸했다.

"털에 대한 알러지라서 요플레 먹는 덴 지장 없어. 그러니까 용건 끝났으면 그만 가 줘."

관심 따위는 사양하겠다는 듯 허치승이 다시 밥 먹는 데 집중했다. 허치승, 이건 사전 작업이고 지금부터가 용건의 시작이란다. 덩치와 기세에 눌리지 않으려 큼큼 헛기침을 하고 말을 꺼냈다.

"넌 궁금하지 않니? 의외의 인물이 누굴지."

보미의 말에 허치승이 고개를 반짝 치켜들더니 노려봤다. 너무 앞서 얘기를 꺼냈나?

"왜 그게 궁금한데? 내가 박용기 사건의 범인이라서 묻는 거야? 너 누구랑 어울리면서 박용기 뜯어먹었냐, 이걸 묻고 싶은 거야?"

허치승 얼굴이 붉으락푸르락 변하자 보미도 뜨끔했다.

"아니, 말을 잘못했다. 어제 게시판 댓글 읽어 보니까 장난 아니더라고. 거기 나왔던 행동들 전부 네가 한 거야?"

허치승이 딱 소리 나게 밥숟가락을 내려놓았다. 불쾌한 얼굴로 눈을 부라리니 더 당황스러웠다. 역시 만만치 않은 아이였다.

"아휴, 어떻게 얘길 꺼내야 하나? 난 그냥 네가 그 많은 일들을 다 하진 않았을 거라는 말을 하고 싶을 뿐이야. 그렇지 않아?"

금방이라도 울 듯이 표정이 변하자 허치승도 마음이 물러졌는지 보미랑 눈을 맞췄다. 그리고 나의 억울함을 알아주는 건가, 기대하듯이 눈빛도 반짝였다.

허치승은 덩치에 안 맞게 작은 만화 캐릭터를 잘 그렸다. 만화를 그릴 때면 누구보다 집중하는 걸 보미도 알고 있었다. 어쩌면 그렇게 악질은 아닐지 모른다고 생각한 것도 그림을 그릴 때 몰입하는 모습 때문이었다.

와글와글 게시판엔 말도 안 되는 글들도 올라와 있었다. 얼굴 없는 목격자들은 뭐든 직접 본 것처럼 떠들어 댔다. 뭐, 박용기 바지를 벗겼다고? 허치승은 교실에서 체육복 갈아입을 때 덩치에 안 어울리게 돌아서서 갈아입는다. 그걸로 오재열이 종종 놀려 먹어서 반 아이들이 모두 아는 사실이다. 수줍음을 타는 허치승이 그런 일을 저지를 리 없었다.

부루퉁하게 나왔던 허치승 입이 제자리를 찾았다. 어디 한번 얘를 믿어 볼까 하는 표정이었다.

"댓글에 나온 일들 다 네가 한 건 아니지?"

남의 일에 신경 끄라고 대꾸할 줄 알았는데 대뜸 고개를 끄덕였다. 생각보단 순진한걸…….

"그럴 줄 알았어. 그래서 말인데 박용기 사건의 세 명이 누군지 우리가 풀어 보자."

"넌 내가 박용기 사건에 전혀 관계없다 생각하는 거야?"

허치승이 얼떨떨하게 물었다. 자신에게 이런 일을 맡기는 저의가 궁금한 모양이었다. 말을 하면서 살짝 기대하는 표정도 내비쳤다.

"그건 아니고."

보미가 쉽게 대답하자 허치승은 금세 실망스러운 표정을 지었다. 내가 가해자 맞는다면서 뭘 풀자는 거야? 너 지금 장난하는 거냐? 눈빛으로 보미에게 물었다. 어쩔 수 없이 보미가 다시 설명했다.

"다만 네가 어디까지 괴롭힌 건지, 의외의 인물은 누구인지 그게 궁금해졌어."

허치승이 잠시 계산을 하는 듯했다. 이 제안을 받아들여도 되는지……. 보미가 느긋하게 허치승의 대답을 기다리는데 반격이 들어왔다.

"그게 왜 궁금한데? 너도 뭐 찔리는 거 있어?"

의외의 일격이었지만 당황하지 않고 말했다.

"응!"

허치승이 밥숟가락을 든 채 멀뚱히 쳐다봤다.

"그러니까 이따가 오후에 잠깐 얘기 좀 하자. 김재빈은 하기로 했고 오재열도 함께하면 좋을 것 같은데 네가 좀 얘기해 줄래?"

"싫어. 하려거든 너나 해."

내 페이스에 말려들지 않겠다는 거지? 보미는 미리 준비한 카드를 내놓았다.

"약점을 알고 있는데 너무 쉽게 거절한다. 내가 다 까발리고 다녀도 좋아?"

보미가 생긋 웃었다. 이래도 내 제안을 거절할 거야, 하고 위협하는 웃음이었다.

"……알았어. 밥 먹어야 하니까 그만 가."

"오후 4시에 지하철역 앞 햄버거 집으로 와."

복숭아맛 요플레 뚜껑을 따면서 허치승이 마지못해 고개를 끄덕였다.

재빈

오후 4시에 맞춰 패스트푸드점에 들어갔을 땐, 덩치에 안 맞게 빨대로 콜라를 쪽쪽 빨던 허치승이 손을 들어 인사했다. 그 옆에 윤보미도 있었다. 계획대로 셋이 다 모였다. 허치승을 이 자리에 끌어온 건 윤보미의 능력일 테니, 강우주는 어쨌든 요원 추천을 제대로 한 셈이었다. 물론 기대했던 보미의 다이어리는 아무 쓸모 없는 것으로 밝혀졌지만…….

재빈이 제안한 모임이지만 막상 주도적으로 뭔가 하려니 망설

여겼다. 재빈이 우물쭈물하는 사이 윤보미가 먼저 이야기를 시작했다.

"혹시 방송국에서 박용기 사건 취재 나왔단 얘기 들었니?"

"그게 무슨 소리야?"

재빈은 아이스크림 숟가락을 떨어뜨렸다. 재빈에 비해 허치승은 덤덤했다. 이미 알고 있단 뜻이었다.

"수위 아저씨한테 박용기 사건에 대해 물었대. 나도 그것밖에 몰라."

윤보미도 자세히는 모른다고 했다.

"편의점에서도 물어봤다더라."

관심 없는 척, 남 얘기처럼 했지만 허치승도 방송국 취재가 신경 쓰이는 모양이었다. 그래서인지 한마디 덧붙였다. 박용기 사건에 대한 취재인지는 아직 정확히 밝혀지지 않았다고.

만약 박용기 사건 취재라면 정말 큰일이었다. 기자들이 혹시라도 게시판을 뒤지면 어쩌나 걱정이 밀려왔다.

"오늘 취재 차량이 없는 걸 보면 우리가 괜히 겁먹는 걸 수도 있어. 암튼 이 사건을 빨리 해결해야 된다는 결론이지. 그리고 박용기 사건은 어차피 우리가 풀 문제잖아. 담임도 세 명이 자수해야 한다고 했고. 김재빈, 너는 억울하게 게시판에 이름이 올랐으니 얼른 세 명이 누군지 밝혀야 홀가분할 테고. 맞지?"

풀 죽은 듯 듣고 있던 허치승이 윤보미 말이 거슬리는지 시비를 걸었다.

“뭐야, 김재빈은 억울하고, 나는 괜찮다는 뜻이야?”

허치승 눈빛이 매서워지니 재빈은 괜히 목이 탔다.

“괜찮진 않지만, 네가 세 명 중에 하나일 거라는 생각은 했어. 다만, 어제 댓글에 나온 일들 중엔 정말 심한 것도 많아서 그 모든 일들을 네가 다 했다는 생각은 안 든다는 거야. 그래서 너도 여기 끼라고 한 거고.”

허치승은 딱히 윤보미 말에 반박도 못 하고 슬그머니 표정을 풀었다. 의외였다. 만나러 나오긴 했지만 이런 애들이랑 무슨 일을 할 수 있을까 싶었는데 윤보미는 성난 곰처럼 부르르 떠는 허치승을 조련사처럼 잘 다뤘다.

“그리고 생각해 보면 우리 다 박용기한테 심했잖아.”

마지막 말에는 재빈도 반박할 수 없었다.

체육 시간이 끝나고 교실로 들어올 때면 허치승은 목이 마르니 음료수 좀 사 달라고, 박용기 머리를 툭툭 치며 말했다. 장난처럼 했지만 재빈은 그게 장난이 아니란 걸 알았다. 음료수를 안 사 오면 허치승 표정이 일그러졌고, 그걸 본 오재열은 보란 듯이 응징에 나섰으니까. 재빈이 보기에 둘은 죽이 잘 맞는 악당들이었다.

옆구리에 주먹을 들이박고, 이마에 ‘딱밤’을 날리고, 손가락을 위로 꺾어 올리고…… 특히 오재열은 헤드록 거는 걸 좋아했다. 박용기의 목을 잡고 머리를 주먹으로 콩콩콩 때리면서 말투만큼은 다정하게 "아파?" 하고 물었다. 물론 말투만 그랬을 뿐 얼굴은 장난에 빠져 익살맞게 웃고 있었다. 그리고 그 질문은 어떠한 철학적 논리로도 빠져 나올 수 없는 덫이었다. 안 아프다고 하면 그럼 더 세게 때려 줄게, 하면서 주먹질의 강도를 높였고, 아프다고 하면 아프라고 하는 거니까 참아, 하고 말했다. 어떤 대답을 해도 박용기의 목을 감은 팔은 풀리지 않았다. 박용기 얼굴이 하얗게 질려 가는 걸 보면서 재빈은 그만해 하고 소리치고 싶은 날도 여러 번 있었다. 하지만 장난의 모습을 띤 그 폭력에 번번이 눈을 감았다.

어떤 날은 박용기가 뒷담을 넘고 달려가서 사 온 음료수를 모른 척 얻어먹은 적도 있었다. 더운데 모두들 한입씩 마셔, 배고픈데 조금씩 맛봐……. 오재열은 매번 그렇게 공범을 만들었다. 마지못해 먹었지만 땀 흘리고 와서 먹는 탄산음료는 헉헉대는 박용기의 표정을 잊게 만들었다. 박용기가 사 온 빵을 먹은 아이들은 셀 수 없이 많았고, "너도 먹었잖아?" 하고 물으면 고개를 숙일 아이들 역시 많았다. 제3의 아이가 누구인지 알 수 없는 건 그런 이유 때문이었다. 지그소 퍼즐처럼 어느 부분, 몇 번째 조각인지만 다를 뿐 모두 박용기를 괴롭히는 일에 연결돼 있었다.

"어떻게 조사해야 할지 의견 좀 내 봐."

콜라를 쪽쪽 빠는 느긋한 두 아이에 비해 재빈은 학원 스케줄로 마음이 바빴다.

"일단 나는 허치승, 오재열 두 명은 맞는다고 봐. 그러니까 담임이 말한 의외의 인물만 찾아서 셋이 같이 자수하면 끝이야. 누군지만 찾으면 되는 거니까 간단하지?"

누구나 그렇게 생각했지만 허치승 앞에서 과감하게 말하는 건 쉽지 않았다. 허치승이 또 버럭 하면 어쩌나 싶었는데 윤보미를 노려보기만 할 뿐 의외로 얌전했다. 윤보미, 혹시 허치승의 약점을 잡은 건가? 허치승의 약점은 뭘까?

윤보미가 말한 조사 방법은 어렵지 않았다. 박용기를 괴롭힌 아이를 본 적이 없는지, 의외의 인물이 누구일지 아이들에게 일일이 물어보는 것이었다. 박용기와 오재열, 허치승을 뺀 스물일곱 명 중에서 한 명을 찾는 일이었다.

"나는 어떻게 할까?"

허치승이 평소답지 않게 작은 목소리로 물었다. 재빈도 그게 의문이었다. 허치승이 그런 걸 묻고 다니면 아이들이 비웃지 않을까?

"네 도움이 제일 클 거야. 네가 박용기 괴롭힐 때 같이 있었던 아이들이 누군지 생각해 보고 그 아이들한테 구체적으로 어떤 일을 했는지 물어봐 줘."

세 명의 할 일이 자연스럽게 나눠졌다. 윤보미는 여자애들을, 허치승은 좀 노는 남자애들을, 재빈이 그 나머지를 맡기로 했다. 그리고 자주 만나 조사한 내용을 나누기로 했다. 다행스러운 건 셋의

집이 멀지 않다는 거였다. 일단 토요일 저녁 패스트푸드점에서 다시 모이는 것까지 정했다.

정리가 금방 끝나서 오히려 학원 시간도 여유 있었다. 똑 부러지게 정리하는 윤보미를 보니 어제의 그 애가 맞나 싶을 정도였다.

"근데 너 뭐 잘못 먹었냐? 완전 달라 보인다."

재빈 말에 허치승도 그렇다고 맞장구를 쳤다.

"원래 이랬어. 이제야 커밍아웃한 것뿐이야."

그러고 보니 열에 들떠 말하는 윤보미의 얼굴이 어색하지 않았다. 이게 윤보미의 진짜 얼굴일까?

내 진짜 얼굴은 뭐지, 하다가 마음이 무거워졌다. 눈치 빠른 아이라면 남들에게 보여 주는 얼굴이 어때야 하는지 알고 있었다. 재빈은 방문을 잠가 놓고 쌍욕을 하는 걸로 스트레스를 풀었다. 이불을 뒤집어쓰고 머릿속에 떠오른 얼굴들을 향해 차마 입에 담기 힘든 욕을 하고 나면 슬그머니 열이 가라앉았다. 어른 아이 가릴 것 없이 욕설을 퍼부었다. 고백하자면 그 대상이 부모였던 적도 있다. 윤보미는 관심 밖이라 대상이 된 적이 없지만 허치승은 학급 일에 비협조적이라 몇 번 쌍욕을 해 댔었다.

아이들은 재빈의 이런 행동을 꿈에도 모를 거다. 그렇지만 재빈은 누구라도 이런 다른 얼굴이 있을 거라 생각했다. 지금 윤보미처럼 평소와는 전혀 다른 얼굴. 재빈은 박용기 사건의 가해자도 그럴지 모른다고 생각했다. 어쩌면 상상할 수 없을 만큼 다른 얼굴을 가진 아이가 제3의 아이일지 모른다. 담임은 의외의 인물이라 했지만 그건 담임 생각일 뿐이었다. 얌전하고 반듯한 얼굴로 온갖 나쁜 짓을 하는 아이들은 얼마든지 있으니까. 허치승과 오재열이란 커다란 그늘을 방패 삼아 안 보이는 곳에서 또 다른 누군가가 박용기를 괴롭혔을 테고, 그걸 본 아이들도 있을 거였다. 오재열이 박용기에게 헤드록을 걸 때 재빈이 모른 척하며 옆에 있었던 것처럼.

보미

보미는 제대로 해 보고 싶었다. 물론 박용기 사건의 열쇠는 허치승이 갖고 있다 믿었지만, 그 녀석이 순순히 도와줄지 의문이어서 자체적으로 조사를 해 볼 생각이었다. 수학 학원이 끝난 뒤 늦은 시간이었지만 학교 앞 편의점에 들렀다.

박용기는 물주였다. 중학생에게 어울리지 않는 명품 지갑에는 항상 돈이 있었다. 그 돈을 쉽게 빌려줬고 그보다 더 쉽게 먹을 걸 사 줬다. 학교가 끝난 뒤 아이들과 우르르 편의점으로 몰려가는 것도 자주 봤다. 보미는 박용기랑 가장 많이 왔던 아이가 누구일지 궁금했다.

편의점 계산대 앞에서 가방을 뒤적였다. 가방 속에는 학급 홈페이지에 떠 있는 봄 소풍 사진을 출력한 종이가 들어 있었다. 얼굴이 작게 나온 게 맘에 걸렸지만, 눈썰미가 좋다면 금방 알아볼 수 있지 않을까 했는데…….

"어쩌지? 나는 저녁 시간 알바라서 모르는 일이야."

시간대별로 알바생이 바뀐다는 걸 깜빡 잊고 있었다. 작은 눈과 뭉툭한 코 때문에 노랗게 염색한 머리 스타일이 안 어울리는 알바 오빠가 미안한 표정을 지었다. 그러면서 보미의 메모와 사진을 서랍에 보관했다가 오전 알바에게 전해 주겠다고 말했다.

"같은 반 친구였구나. 너무 걱정하진 마. Y병원이 교통사고 전문 병원이라서 치료는 잘해 준대."

그래도 박용기 사고에 대해서는 알고 있었다. 시간은 다르지만, 편의점 앞에서 난 사고라서 알고 있나 했는데 그게 아니라 가해 차량 운전자에게 얘기를 들었단다.

"학생을 친 차량이 하필 우리 가게 빵 납품 차야. 다친 학생도 안됐지만 운전하던 아저씨도 완전 날벼락이지 뭐야. 걔가 차를 보면서도 그냥 뛰어들었대. 그러니 무슨 수로 사고를 막겠느냐며 막 화를 내시더라. 아저씨도 과실이 있어서 아마 돈 좀 들어갈 거야."

학교 앞에 횡단보도가 있어 당연히 감속해야 했지만 배달이 밀려 그러지 못했고, 게다가 주위에 교복 입은 학생만 하나 서 있어서 안심했던 차에 난 사고라고 운전자가 진술했고, 경찰에서도 편의점 앞 CCTV를 확인하고 갔다고 했다. 그렇다면 알바 오빠가 알고 있는 사실이 틀린 건 아니라는 말인데…….

박용기, 결국 자살 시도였구나! 편의점을 나오는데 다리가 훅

꺾이는 줄 알았다. 집까지 걸어갈 힘이 없어 편의점 앞 파라솔 테이블에 앉았는데 그제야 스프레이 라커로 그려진 교통사고 현장 그림이 보였다. 아침에는 지각을 면하기 위해 뛰어가느라, 오후에는 친구들과 떠들며 나오느라 횡단보도가 교통사고 현장인 것도 까맣게 잊고 있었다.

다섯 개의 빵을 사고 나와서 박용기는 횡단보도 앞에 서 있었을 거다. 5교시 수업까지는 시간이 얼마나 남았을까? 십 분 전에 교실을 나갔다고 했으니 애초에 편의점까지 빵을 사러 왔다 다시 들어가는 건 불가능한 일이었다.

혹시 깜빡거리는 파란불에 성급하게 뛰어가다 사고가 난 건 아닐까? 보미는 그렇게 믿고 싶었는데 그것도 아니라 했다. 알바 오빠 말로는 사고 차량의 블랙박스엔 신호등의 차량 주행 신호가 분명하게 찍혀 있었단다. 박용기는 정말 차로 뛰어든 걸까? 정말 죽을 마음이었을까? 죽을 생각을 할 만큼의 고통은 어떤 걸까?

걔는 무슨 맘으로 그런 거라니, 하던 알바 오빠의 말처럼 보미도 그게 알고 싶었다. 경찰이 조사를 하고 갔다고 했다. 보미네처럼 어설프게 하는 게 아닌 정식 수사일 텐데 허치승, 오재열은 무사할 수 있을까?

보미는 그날의 박용기처럼 횡단보도 앞에 섰다. 빨간불이었지만 몇 번 숨을 고르는 동안 파란불로 바뀌었다. 긴 시간도 아닌데 박용기는 이 정도 여유도 없었던 거구나.

정면으로 희미한 보안등 불빛에 휩싸인 평화중 건물이 보였다. 낮 시간의 크고 작은 소란과 무질서를 삼켜 버린 것처럼 학교는 정적에 잠겨 있었다. 평화의 상징인 비둘기가 부각된 교문 또한 굳게 닫혀 있었다. 그래도 아침이면 어김없이 교문이 열리고 아이들을 받아들일 것이다.

본인은 멋지게 찍 뱉어 낸다고 생각하겠지만 볼품없이 옆으로 바투 떨어지는 열다섯 살 소년의 가래침에 니코틴 성분이 있는 줄 알면서도, 무릎을 덮는 교복 치마 말고 가방 속에 깡똥하게 줄인 또 다른 치마가 있는 줄 알면서도, 쌍욕으로 뒤범벅된 문자가 가득 들어찬 휴대폰이 주머니에 있는 줄 알면서도, 학교는 아무것도 모른다는 듯 어제의 그 아이들을 받아들인다.

그 망각의 힘이 학교를 유지하는 힘이겠지만, 횡단보도 앞에 선 보미는 꼭 한 가지만은 잊지 말기를 바랐다. 빵 봉지를 든 채 무섭게 달리는 차를 향해 뛰어 들었던 한 소년의 일은 잊지 말아 달라고……. 5교시 시작종이 울리기 전 교문을 통과하고 싶었던 소년의 간절한 바람만은 잊지 말아 달라고……. 신호등이 여러 번 바뀌는 동안 보미는 그렇게 한참을 서 있었다.

치승

감추고 싶었던 비밀을 윤보미가 알고 있을 줄은 꿈에도 몰랐다.

"항상 아버지랑 같이 와서 주문했잖아. 너희 집 과일 진짜 많이 먹더라. 한 주에 한 번씩은 꼭 배달해 먹잖아."

집에 배달까지 왔으면 엄마의 흔적이 없는 걸 눈치챘을 테다. 눈 하나 깜짝하지 않고 내 약점을 알고 있다고 말하는 여자애. 사람을 들었다 놨다 하는 말솜씨에 꼼짝없이 당하고 말았다. 이렇게 빈 A4 용지를 앞에 두고 있을 줄이야…….

"우선 네가 어떤 일을 했었는지 꼼꼼하게 적어 봐. 생각 안 나면 오재열이랑 같이 의논해서."

날짜와 시간까지 정확하게 적으라는데 그것까지는 무리였다. 책상에 앉아 첫 줄을 적으려고 보니 무엇부터 써야 할지 생각이 안 났다. 어쩌면 너무 많은 기억이 뒤죽박죽 쏟아져서 그런지도 몰랐다.

종이 옆 노트북의 까만 모니터 위로 슬픈 눈을 한 아이 얼굴이 나타났다. 꼭 엄마가 떠나던 날 같았다. 그날도 치승은 지금처럼 책상에 앉아 있었다. 마지막으로 엄마에게 인사하라는 아버지의 말도 안 듣고, 방문을 걸어 잠근 채 떠나든 말든 상관없다고 크게 소리쳤지만 얼굴엔 이미 눈물이 흐르고 있었다.

"엄마 없어도 우리는 전과 똑같이 살 수 있어. 그러니까 너희도 흔들리지 마."

엄마가 떠난 뒤 아버지는 형과 치승을 불러 놓고 이렇게 말했다. 치승은 아버지 말을 이해할 수 없었다. '우리'에 엄마가 포함되지 않는데 어떻게 똑같이 살 수 있을까. 그런데 엉망이 될 줄 알았던 집은 도우미 아줌마가 오면서 예전과 다를 바 없이 깨끗했다. 형은 더 악착같이 공부해서 외고에 들어갔고, 아버지는 술도 줄이고 일찍 퇴근해서 치승과 시간을 보냈다. 그 평온한 일상에 감사하면서도 한편으로 무서웠다. 같이 살던 한 사람의 흔적이 어떻게 이리 감쪽같이 지워질 수 있는지…… 가족사진을 떼어 냈다고 함께 보낸 그 시간까지 지울 수 있다고 믿는 건지…….

아버지도 형도 태연하게 생활했다. 그 태연한 생활 속에서 치승은 방향을 잃었다. 멋대로 이혼했다고 아버지를 원망하고, 공부도 안 하고 방황하는 형 때문에 애태우고, 자기 인생 찾는다고 집을 나간 엄마에게 욕을 하고…… 그렇게 방황하고 비틀거리는 역할을 해 보기도 전에 정상으로 돌아온 집 때문에 치승은 당황스러웠다.

엄마가 떠난 후 키가 20센티나 크고, 몸무게가 26킬로나 늘고, 290밀리 사이즈 신발을 신게 되고, 겨드랑이와 성기 주변에 체모가 수북하게 나는 동안, 치승은 절대로 태연할 수 없었다. 멀쩡한 연필을 보면 부러뜨렸고, 유리컵은 일부러 깨뜨렸고, 들어서 기분 좋을 리 없는 욕을 수시로 뱉었고, 자신보다 작고 만만한 몇 놈의 코피를 터뜨렸고, 아주 가끔은 자신보다 더 큰 몇 놈에게 주먹을 휘둘러 먼저 쓰러지게 만들었다. 치승이 2학년 짱으로 추앙받게 된 건 이렇게 선혈이 낭자한 몇 개 사건의 결과였다.

2학년 4반이 된 첫날, 치승은 출근하는 아버지 차를 타고 다른 아이들보다 일찍 등교했다. 지각도, 엉망인 옷차림도 아버지는 질색했다. 엄마 없는 티를 내지 말자는 게 아버지와 치승의 암묵적 합의였다.

치승은 잘 다려진 교복을 입고 맨 뒷자리에 앉아 아이들을 기다렸다. 친하지는 않아도 안면이 있는 아이들이 들어왔고, 피시방에서 자주 만나던 오재열도 와서 하이파이브를 했다.

"오, 치승도 같은 반이네. 올해는 재밌겠는걸!"

반갑게 인사하는 오재열에 비해 치승은 뜨뜻미지근하게 인사를 받았다. 그리고 박용기가 들어왔다.

"쟤가 상속자로 소문난 애야. 우리의 스폰서가 될지 모르는."

오재열이 한 손으로 입을 가리며 박용기에 대해 설명했다. 비밀스럽게 말했지만 치승은 이미 알고 있었다. 초등학교 때 같은 반을 한 적도 있으니까. 그때는 치승보다 더 컸는데 지금은 아래로 내려다볼 정도로 작고 말랐다. 앞문으로 들어오던 박용기가 치승을 보더니 멈칫했다.

'같은 반이란 거지…….'

손마디를 꺾으며 박용기를 향해 씩 웃어 보였다. 박용기는 이미 코피를 터뜨린 작고 만만한 놈들과 다를 바 없었다. 게다가 돈도 많으니 오재열 말처럼 '스폰서'로 써먹기에도 훌륭했다.

"용기야, 삼천 원만 빌려줄래? 학원 가기 전에 저녁 사 먹어야 하는데 깜빡 잊고 돈을 안 갖고 왔네."

치승도 처음부터 강하게 나가지는 않았고 다음 날이면 빌린 돈을 갚았다.

"어쩌나, 오늘 이천오백 원밖에 없는데…… 나머지 돈은 다음에 갖다 줄게."

치승의 '다음'은 자꾸 미뤄졌다. 미안해서 어쩌느냐는 치승에게 박용기는 히죽히죽 웃으며 괜찮다고 했다. 물론 갚지 못한 돈을 다음으로 미루는 동안에도 치승은 박용기에게 돈을 빌렸고 갚지 못한 '나머지 돈'은 자꾸 쌓였다. 그때마다 박용기는 괜찮다고 말했다. 그게 진심인지 아닌지 치승은 관심 없었다. 본인이 괜찮다는 건 갚지 않아도 된다는 뜻이었으니까.

치승이 그러는 동안 오재열도 옆에서 비슷한 짓거리를 반복했다. 학교가 끝나고 집에 갈 때마다 오재열은 언제나 박용기를 옆에 데리고 나섰다. 박용기도 친구가 없어서 그런지 오재열의 말에 선뜻 응했다. 시작은 비슷했다.

"야, 배고파서 그러는데 오늘은 용기가 컵라면 좀 쏘지?"

강압적인 말투는 아니었지만 박용기는 고민 없이 알았다며 지갑을 꺼냈다. 언제나 파란 지폐가 있는 박용기의 지갑은 친구들을 위해 자주 열렸다. 편의점 간이 테이블에 컵라면을 놓고 기다리던 처음 삼 분 동안, 치승은 미안한 마음이 들었다. 그런데 그 마음은 신기하게도 라면이 익는 동안만 들었고, 허기진 배에 면발을 집어넣기 시작하자 금세 사라지고 말았다. 다른 날의 삼 분 동안은 짧게 미안한 마음이 들다, 농담하며 낄낄대는 아이들의 말소리에 사라졌고, 또 그 뒤의 삼 분에는 아예 그런 마음조차 들지 않았다. 박용기가 컵라면을 사야 했던 '오늘'은 그 후로도 쭉 계속됐고 오재열은 어느새 당당하게 지갑 열기를 요구했다. 하굣길에 이뤄지던 박용기의 지갑 열기는 어느 순간부터 체육 시간 후나, 점심시간까지 이어졌다. 음료수와 빵도 한 개에서 세 개, 네 개, 일곱 개까지 개수가 늘어났다. 박용기의 은혜를 골고루 누리자는 게 오재열의 뜻이었고 치승도 말리지 않았다.

'빵 셔틀이라고?'

아무도 믿지 않겠지만 치승은 박용기의 지갑 털기가 빵 셔틀이라고 생각해 보지 않았다. 돈 있는 친구가 빵 좀 사는 게 무슨 큰 죄라고 이 난리를 치는지 이해할 수 없었다. 박용기가 죽음을 무릅쓰고 뛰어다닐 정도로 오재열 말을 절박하게 받아들이는 것도 몰랐다. 입 놔두고 왜 싫다는 말을 안 해서 이렇게 일을 키우는지 박용기를 향한 원망만 커졌다.

사건이 일어났던 날, 오재열 부탁을 받고 교실을 나가기 전 박용기는 마지막으로 치승과 눈을 마주쳤다. 배고프니 빨리 갔다 오라는 오재열의 성화에도 박용기는 갈까 말까를 치승에게 묻고 있었다. 박용기 100미터 기록이 18초였던가? 체육 시간에 쟀던 100미터 기록이 맘에 걸렸다. 몸이 가벼워 뒷담을 넘는 건 어렵지 않겠지만 5교시까지 시간이 촉박했다. 안 가도 된다고, 싫으면 그만두라는 뜻으로 치승은 고개를 돌리며 오재열에게 퉁명스럽게 대답했다.

"과학실로 이동해야 하는데 사 갖고 온들 먹을 시간이 되겠냐?"

그건 사 오지 말라는 뜻이었다. 그런데 박용기는 그 말을 듣고서도 출발했다. 빙신, 그렇게 말했으면 알아들었어야지.

박용기에게 얼마나 빌렸고, 얼마나 안 갚았는지 치승은 생각나지 않았다. 박용기를 때렸던가? 짓궂은 장난을 치긴 했지만 폭력은 아니었다. 와글와글에 나온, 바지를 벗기는 장난 같은 건 결코 하지 않았다. 윤보미는 잘 생각해서 자세하게 쓰라 했지만 치승이 A4 용지에 적은 건 겨우 한 줄이었다.

'채무 관계 ◯만 원, 그 외 폭력과 폭언은 없었음.'

재빈

학원 시간 때문에 급하게 먹어 탈이 났는지 배가 무지근하게 아팠다. 버스로 두 정거장 거리에 학원이 있었지만 소화도 시킬 겸 운동 삼아 걸어가기로 했다. 한참 가다 보니 건물마다 학원들이 있는 학원가였다. 아버지가 운영하는 학원의 옆 건물에 커다란 플래카드가 걸려 있었다. '제 자식처럼 가르치겠습니다.' 앤트 스터디 학원 원장 딸이 S대에 간 걸 이용한 광고 문구였다.

"남의 자식 잘 가르치는 것도 중요하지만 내 자식 어디 보냈는지도 그 못지않게 중요하다니까. 사거리에 있는 앤트 스터디 학원 알지? 거기 원장 딸이 S대 갔잖아. 플래카드 걸린 것 못 봤어? 그거 걸고 애들 엄청 몰렸다잖아. 뭐 플래카드 안 걸어도 어디서 귀신같이 소문을 듣고 오니까 감출 수도 없지만. 재빈이 잘 들어. 네가 좋은 대학 가야 아빠 학원도 잘되는 거야. 알았지?"

아버지도 일단은 특목고부터 플래카드를 걸 거라 했다. 재빈의 성적이 나쁜 건 아니지만 마음 놓고 특목고를 지원할 정도는 아니었다. 성적을 더 올려야 했다. 그런 와중에 보험처럼 생각한 것이 올해 처음 생긴 특목고의 리더십 전형이었다. 성적과 인성을 같이 본다나 어쩐다나. 전교 회장이면 인성이 검증되는 건가? 흥, 웃기는 짓거리였다.

아버지는 학원의 발전이 아들에게 달려 있으니 좀 더 기운 내서 성적을 올리자고 했지만, 재빈은 지금도 최선을 다하고 있었다. 좀처럼 따라잡을 수 없는 정혜연을 볼 때마다 재빈은 숨 막히고 무서웠다. 쉬는 시간에도 표정 하나 변하지 않고 단어를 외우거나 수학 문제를 푸는 걸 보면 사람이 아니라 공부하는 기계 같았다.

"재빈아, 믿는다!"

담임도 부모님도 재빈을 보면 그렇게 말했다. 어릴 때는 그 소리를 들으면 어깨가 으쓱해지고 기운이 솟았는데 지금은 돌덩어리를 올린 것처럼 마음이 무거워졌다.

학원 강의실에 들어가려다 얼굴에 멍이 오른 송지만을 만났다. 이영찬이랑 싸웠다고 하더니 오른쪽 볼에 시퍼런 멍이 있었다. 담임이 박용기 사건의 이름을 물었을 때 '빵 셔틀'이라고 혼자 대답했을 만큼 송지만은 눈치가 없었다. 재빈이 빤히 쳐다보자 송지만이 황급히 얼굴을 돌렸다.

열다섯 살은 이상한 나이였다. 뻔뻔한 어른처럼 구는 허치승 같은 아이가 있다면, 도대체 말귀 못 알아먹는 송지만 같은 아이도 있었다. 송지만은 무지와 순수의 중간에서 헤매는 상태였다. 여차하면 눈치 없는 행동으로 남의 눈 밖에 나기 쉬운 그런 아이. 어쩌면 박용기라는 강력한 왕따가 있기에 편하게 살았을지도 모르는, 어느 순간 왕따로 몰려도 이상하지 않을 아이였다.

눈치가 없는 만큼 잔머리를 굴리지 않으니 이럴 때는 도움이 될지도 모르겠다고 생각했다. 재빈은 사고 날 점심시간에 대해 솔직하게 말해 달라 부탁했다. 그러자 송지만은 큰 눈동자를 이리저리 굴리며 불안해했다.

"누구한테 무슨 얘길 들은 거야? 이영찬이 뭐라고 했구나?"

여기서 왜 이영찬이 나오는 걸까? 단체 기합이 무서워 허겁지겁 덮은 이영찬과의 난투극이 박용기 사건이랑 관련이 있다는 직감이 왔다. 강의 시간이 코앞이었지만 송지만을 끌고 나와 비상계단으로 데려갔다.

"이영찬한테 무슨 얘길 들으면 안 되는지 네가 직접 말해."

송지만이 아차 싶은지 입술을 비죽거렸지만 금세 제풀에 지쳐 대답했다. 누가 들을세라 목소리를 작게 했다.

"그게 아니라, 그날 급식이 엉망이었잖아."

그게 아니라는 변명부터 시작하는 걸 보니 분명 박용기 사건과 관계가 깊었다.

송지만은 박용기가 빵을 사러 나가는 걸 처음부터 보고 있었다. 배가 고프지 않았다면 그깟 빵 얻어먹을 일은 없었겠지만 그날은 곧장 학원으로 가야 하는 날이라 한입 먹을까 하고 허치승과 오재열 쪽을 기웃거리고 있었단다. 재빈이 생각한 뻔한 스토리 그대로였다.

"좀 말리지 그랬어? 시간도 얼마 없었는데……."

재빈이 타이르자 송지만이 어이없다는 표정을 지었다.

"오재열을 누가 말려. 너도 말린 적 없잖아. 박용기가 빵 사 오면 모두들 조금씩 나눠 먹었잖아. 내 기억엔 너도 먹은 거 같은데……."

갑자기 재빈을 공격했다. 송지만의 말이 틀리진 않았지만 이런 식의 역습은 불쾌했다. 그리고 재빈은 누구의 잘잘못을 따지기 위해 물은 것이 아니었다.

이 조사가 아이들의 숨겨진 얼굴을 보게 만드는구나 하고 느꼈다. 하지만 뜻밖의 성과도 있었다. 어쩌면 박용기가 들고 있던 다섯 개의 빵이 사건을 푸는 키워드가 될지도 모른다는 걸 송지만을 통해 알았다. 재빈은 불쾌감을 숨기며 부드럽게 물었다.

“알아. 그런 뜻에서 물은 거 아니야. 나는 쉬는 시간에 교실에 없을 때가 많잖아. 보통 박용기가 빵 사 오면 주로 누가 먹는지 궁금해서, 혹시 네가 알까 싶어서 물었던 거야. 진짜 별 뜻 없이.”

송지만은 단순했다. 재빈이 다정하게 말하자, 자기가 아는 한도에서 최선을 다해 설명했다. 박용기가 빵이나 음료수를 사 왔을 때 오재열 근처에 있던 아이들은 모두 한입씩 맛을 보게 되는데, 유독 겹치는 아이들이 있다고 했다.

“이영찬, 오재열, 주승우는 거의 매번 먹는 거 같아. 아 참, 장아람도 여자애가 악착같이 뺏어 먹었어.”

그러면서 자기는 그날 유독 배가 고파서 오재열 근처에서 얼쩡거렸던 거지, 평소라면 그런 일이 없다는 걸 강조했다. 이영찬, 주승우 중에 제3의 아이가 있단 말인가?

“얼굴이 엉망이네. 영찬이랑은 왜 그런 거야?”

순순히 대답하던 송지만이 시무룩한 얼굴로 입을 다물었다. 빵

말고 또 다른 사연이 있다는 걸 심각한 표정으로 알 수 있었다. 송지만보다는 재빈이 훨씬 노련했다.

"진짜 영찬이한테 물을까?"

말하자마자 송지만이 야, 하고 소리를 질렀고 소년도 남자도 아닌 목소리가 비상계단을 울렸다. 송지만의 목소리는 8음계 중 솔에서 위로 못 올라가는, 새되지도 굵직하지도 않은 불안정한 단계였고, 끝부분에서 거칠게 갈라졌다. 재빈도 파부터는 아무리 애를 써도 같은 음역대의 소리만 나오는 변성기였지만 송지만처럼 갈라지지는 않았다.

승기를 잡은 재빈이 여유 있게 웃자 송지만은 이번에도 마지못해 입을 열었다.

"사실은 역사 연대표 만들기 숙제를 박용기한테 시킨 적 있거든. 그걸 영찬이가 알고 있어."

1학기 역사 수행 평가 과제였던 연대표 만들기는 시간이 많이 걸리는 일이었다. 조선 시대 역사를 한눈에 볼 수 있게 만드는 연대표. 꼼꼼하게 많은 사건을 쓸수록 더 좋은 점수를 받는 숙제였다. 재빈도 A4 용지를 모두 네 장이나 이어 붙일 만큼 긴 시간을 들여 숙제를 했었다. 그걸 박용기에게 시켰다면 아주 고약했다. 빵 한 조각을 얻어먹는 우발적 가해자와 수행 평가를 시키는 계획적 가해자는 차원이 달랐다.

송지만이 다시 보였다. 이 정도면 송지만이 제3의 아이라 해도 이상할 게 없었다. 재빈의 얼굴이 일그러진 탓일까? 또다시 '그게 아니라'로 얘기를 시작하는 송지만은 그냥 시킨 것은 아니고 돈을 주고 알바를 맡긴 거라고 했다.

"내가 원래 손재주가 없거든. 그래서 진짜 숙제하기 싫다고 하니까 박용기가 알바비만 주면 자기가 해 주겠다고 먼저 말했던 거야. 너는 돈도 많은 애가 무슨 이런 일을 하느냐고 물었더니 당장 다음 주까지 쓸 돈이 없다면서 제발 시켜 달라고 박용기가 사정했단 말이야. 어차피 내 수행 평가 안 하면 다른 녀석들 거라도 찾아봐야 한다면서 얼마나 졸랐는데……. 그래서 만 원 주고 숙제 맡겼던 건데, 이영찬이 그걸 알고 네가 제일 심한 놈이라고 막 떠들어 대서 싸웠던 거야. 공짜가 아니라 돈 주고 맡긴 거라니까!"

말을 마친 송지만이 억울하다는 표정을 지었다. 나 그렇게 못된 놈 아니다, 잘 알지도 못하면서 그런 눈으로 보지 마라 하고 항변하듯이.

돈 주고 시킨 거니 떳떳하다고 해야 하나, 자기 수행 평가를 남에게 맡긴 도덕성에 대해 물어야 하나, 그것도 아니면 만 원이 적당한지 노동 가치에 대해 따져야 하나……. 재빈은 뭐라 말을 잇지 못했다. 그런 재빈의 마음도 눈치 못 챘는지 송지만은 계속 말을 이었다.

"이영찬이야말로 박용기가 빵 사 올 때마다 옆에서 얻어먹은 새끼야. 그런데 누구한테 지적질이야."

이영찬도 만만치 않거든, 하는 변명도 이해는 됐지만 송지만의 행동이 뻔뻔하다는 인상은 지워지지 않았다.

"나 그렇게 나쁜 놈 아니야."

이영찬까지 끌고 들어가 놓고도 찝찝한지 결국 한마디 웅얼거리듯 뱉었다.

나쁜 놈 아니다……. 송지만은 나쁘지 않았다. 다만 비겁할 뿐이었다. 나쁜 짓이라도 다수가 하면 같이 해야 마음이 편한 아이였다. 박용기를 타깃으로 괴롭히진 않았지만 허치승, 오재열 편에 있는 게 편하기 때문에 동참한 거였다. 그런데 그런 행동은 나쁘지 않은가?

송지만이 재빈의 얼굴을 빤히 쳐다봤다. 너도 먹었잖아, 하고 묻듯이……. 그래, 나도 먹었다, 나도 나쁘다……. 밀려오는 부끄러움에 얼굴이 화끈거렸다.

재빈이 다니는 성당에는 미카엘 천사의 그림이 걸려 있었다. 미카엘 천사의 한 손에는 양팔 저울이 들려 있었는데 그 저울로 죄의 무게를 달 수 있다고 했다. 송지만과 이영찬을 저울에 올리면 누구 쪽으로 기울어질까? 내가 올라가도 많이 기울어지겠지.

순진하게만 봤던 송지만에게 이런 모습이 있구나 싶었지만 당당하게 욕할 처지가 못 돼 마음이 무거웠다.

"근데 박용기한테 돈 없는 날도 있다? 별일이네."

말을 돌리려고 물었던 건데 송지만이 의외의 대답을 했다.

"아무리 돈이 많아도 흥청망청 쓸 정도로 용돈을 주는 부모는 없어. 체크 카드 값이 엄청 나왔나 봐. 돈 많이 쓴다고 열흘간 용돈을 끊었다고 하더라."

그럼 돈 안 쓰면 그만이지 뭐하러 남의 숙제까지, 하고 말하려던 재빈 머릿속으로 허치승, 오재열 얼굴이 떠올랐다. 말할 필요도 없었다. 두 녀석은 박용기가 돈 없다고 한들 믿지도 않았을 테고, 봐주지도 않았을 테니까.

이런 알바까지 하면서 빵을 사다 바쳤다? 박용기, 절박하게 살았구나……. 차에 치여 몸이 붕 떠오른 박용기 일은 단순 교통사고가 아닌 진짜 '사건'이었다.

"강의 시작했어. 들어가야지."

재빈의 눈치를 살살 살피는 송지만이 비굴해 보였다. 하지만 꺼낸 말은 마무리 지어야 했다.

"다시는 그러지 마. 아무튼 다섯 개의 빵 주인을 알게 돼서 홀가분하다. 아까의 네 명에 허치승 하면 딱 떨어지네."

자기는 혐의를 벗었다고 생각하는지 한결 여유 있는 표정으로 돌아온 송지만이 강의실로 가려는 재빈을 잡았다.

"근데 좀 이상한 게 있어. 허치승 거의 안 먹어. 전에 오재열도 그랬어. 저 새끼는 시켜 놓고는 꼭 뺀다고."

진짜? 재빈이 다시 확인했을 때도 송지만은 "그렇다니까." 하고 확실하게 대답했다.

허치승이 안 먹었다고? 의외의 반전이었다. 송지만이 가 버린 어두운 계단에 재빈은 멍하니 서 있었다. 뭔가 미로에 빠진 느낌이었다.

사건 발생 **4일째**

치승

학교 가는 길에 Y병원이 보였다. 박용기가 입원해 있다는 병원.

박용기는 얼마나 다쳤을까? 아닌 척했지만 박용기의 상태가 궁금했다. 온몸에 붕대를 칭칭 감고 있는 미라 같은 모습이 떠올랐지만 애써 상상을 지웠다.

자전거를 세우고 병원 건물을 올려다보는데 앞쪽으로 자동차 한 대가 서더니 평화중 교복을 입은 학생이 내렸다. 누구지 했는데 오재열이었다. 학교까지는 아직 거리가 있는데 왜 여기서 내릴까?

"말만 하고 내려와. 뭐라 해도 그냥 미안하다…… 꼭 해야 돼. 알

왔지?"

말소리가 들리는가 싶더니 차는 다시 붕 떠났다. 차 안에서 들리던 목소리의 주인공은 오재열 엄마였다. 오재열 엄마가 학부모회 간부를 맡고 있으니 분명 박용기 사건을 알고 사과하라는 거겠지? 물론 왜 그런 일을 저지른 거냐고 펄쩍 뛰면서 오재열 등짝을 먼저 때렸을 테지만.

뒤쪽에 치승이 있는 것도 모르고 오재열은 병원 정문을 노려보았다. 차마 발길이 안 떨어지는 눈치였다.

"뭘 망설여. 문만 열면 들어갈 수 있는걸."

치승이 말을 걸자 오재열이 화들짝 놀라서 돌아봤다.

"넌 여기 왜 있어?"

"왜 있겠니? 학교 가는 길이잖아. 금요일은 아버지가 일찍 출근하시니까 자전거로 가는 날이고. 알면서 뭘 물어."

아차 하는 얼굴로 치승을 보던 오재열이 학교 방향으로 발길을 돌렸다.

"그냥 가면 어떡해? 다 들었으니까 박용기한테 사과하고 가."

말이 떨어지기 무섭게 오재열이 다시 뒤로 오더니 치승의 팔을 잡았다.

"우리 같이 들어가자."

"담임이 가지 말랬잖아. 가려면 너 혼자 가. 그리고 너한테 할 얘기 있었는데 마침 잘됐다."

치승이 오재열의 팔을 뿌리치면서 어제 윤보미, 김재빈과 나눈 얘기를 해 줬다. 제3의 아이를 밝히고 같이 자수하자고…….

그러자 오재열이 어이없다는 듯 씩씩거렸다.

"너 진짜 개념 없다. 그걸 왜 조사한다는 거야? 그 일이 너한테 어울린다고 생각해?"

치승 역시 그런 생각을 했었다. 그렇지만 게시판에 공개적으로 밝혀졌고, 방송국에서 취재까지 나온 마당에 숨길 이유도 없지 싶었다.

"어차피 세 명이 같이 자수해야 끝나는 일이잖아. 그러니까 빨리 끝나는 게 너도 좋지 않아? 계속 이 상태면 찝찝하잖아."

치승이 대수롭지 않게 말하자 오재열이 비웃는 것처럼 입꼬리를 올렸다.

"정보 하나 줄까? 자수하지 마. 절대로!"

피하고 싶은 맘이야 치승도 마찬가지였다. 그런데 뭘 '절대로'씩이나! 자수하지 않으면 반 전체가 집단 상담을 받는다고 하지 않았던가. 그렇게까지 친구들에게 피해를 주고 싶은 맘은 없었다.

"무슨 소릴 하는 거야? 담임이 자수해야 학폭위까지 안 간다고 했잖아."

치승의 말에 오재열이 노골적으로 비웃었다.

"박용기는 교통사고로 크게 다쳤어. 물론 그 사건이 단순 교통사고가 아니고 왕따에 의한 사건이라고 담임 입으로 말했고. 거기다 어제 와글와글 게시판으로 사건이 전부 까발려져서 감추기도 힘들어. 이게 무슨 상황인지 알아? 누가 봐도 학교 폭력 사건이야. 그러니까 홀라당 죄를 뒤집어쓰게 된 상황이란 말이야. 학폭위까지 안 간다고? 아직도 담임 말을 믿어?"

와글와글 게시판 소문이 어떻게 났는지 학부모들까지 박용기 사건을 알게 되어서 그냥 넘어가기는 힘든 상황이라고 했다. 설마 그럴까 싶었지만 아주 가능성이 없는 이야기도 아니었다. 게다가 평화중은 학교 폭력 예방 중점 학교였다.

"그래도 담임이……."

뭐라 말을 이을지 몰라 치승이 얼버무리는데 오재열이 쐐기를 박았다.

"자수를 하는 건 학교 폭력을 인정하는 거래. 혹시 박용기 집에서 신고라도 하면 거액의 합의금을 줘야 할 수도 있어. 난 좋아서 이 시간에 박용기한테 사과하러 왔겠어? 제3의 아이를 찾자고? 너, 정신 똑바로 차려!"

오재열이 뒤도 안 돌아보고 걸어갔다. 치승도 그 뒤를 따라갔지만 페달을 제대로 못 밟을 만큼 큰 충격을 받았다.

'사건이구나…….'

처음으로 그 생각을 했다.

학교에 온 뒤에도 정신 똑바로 차리라는 오재열 말이 머릿속을 떠나지 않았다. 거액의 합의금 같은 건 생각지도 못했다. 그저 담임에게 반성문 쓰고 벌점 받는 수준으로만 생각했을 뿐이라 오재열의 말이 소름 끼치게 무서웠다.

'엄마한테 들은 말이 있으니 그런 소릴 한 거겠지.'

아직 치승의 아버지는 아무것도 몰랐다. 치승은 여태 학교에서 큰 징계를 받은 적이 없었다. 아버지가 아시면 어쩌지. 비로소 걱정됐다. 정말 자수를 하면 죄를 인정하는 건가? 담임에게 물어볼까? 세 명이 자수를 안 하면 집단 상담을 받는다 했는데…….

치승의 대각선 방향으로 보이는 오재열은 칠판을 향해 정자세로 있었다. 갑자기 모범생 코스프레라도 하는 듯 표정이 진지했다. 녀석은 절대로 자수하지 않을 생각이었다. 오늘은 못 했지만 내일이라도 박용기에게 사과하고 어떻게든 일을 마무리 지으려고 할 테다. 그런데 박용기 부모님은 사과를 받는다고 그냥 덮어 줄까?

오늘이라도 담임에게 자수하려 했는데 오재열의 말을 들으니 쉽게 결정할 일이 아니었다. 뒤숭숭하게 수업이 끝났는데 쉬는 시간에 윤보미가 오더니 치승의 맘을 온통 헤집어 놓았다.

"점심시간에 담 넘어서 편의점에 가 보자. 점심은 거기서 삼각김밥 먹고."

저 반짝이는 눈빛은 뭐지? 중요한 사건을 해결하는 명탐정이라도 된 듯한 윤보미의 의협심이 부담스러웠다. 자수할 마음이 없어졌다고, 그래서 제3의 아이가 누구인지 따위는 궁금하지 않다고 말해 볼까 했는데 점심시간 시작종이 치기 무섭게 교복 치마를 벗고 체육복 바지로 갈아입은 윤보미가 눈앞에 나타났다.

"난 한 번도 안 가 봤으니까 네가 앞장서."

갑자기 못 가겠다는 말을 할 수 없어 치승은 돌려 말했다.

"편의점엔 왜 간다는 건데?"

"그냥!"

꼬치꼬치 묻고 버티면서 시간을 끌면 안 가겠지 싶어 꼼수를 썼지만 윤보미는 덥석 치승의 손을 잡더니 불도저처럼 끌고 나갔다.

평화중학교와 평화고등학교, 그리고 급식실 건물은 ㄷ 자로 배치되어 있었다. 교문 오른쪽에 있는 것이 평화고 건물이었고 정면에 평화중이 보였다. 그리고 교문 왼쪽으로 급식실과 강당, 동아리방이 있는 다용도 건물이 있어 교문을 빼고는 시야가 트인 곳이 없는 답답한 구조였다. 그나마 숨통을 트여 줄 수 있는 공간도 평화중 뒤편에 자리 잡아서 교문에서는 보이지 않았다.

자객이 들어와도 숨을 수 없게 만들었다는 중국의 자금성도 아니고, 무슨 학교에 나무 한 그루 없느냐고 지적하는 학부모들에게 변명하기 위함인지 중학교 건물 뒤편에 작은 정원이 있었다. 운동장이 좁은 이유로 조경 공사를 할 곳이 없어 무리수를 둔 결과겠지만, 곳곳에 있는 나무와 벤치는 그렇다 치더라도 생뚱맞은 삼층 석탑은 어떤 의도로 놓은 건지 도무지 짐작조차 할 수 없었다. 그럼에도 시크릿 가든이라 이름 붙은 이 공간은 의외로 학생들에게 아늑한 느낌을 주었다.

물론 학교 방침과는 다르게 이용되는 문제가 생겨 정원의 모습이, 처음 만들어진 삼 년 전과 다르게 변하기도 했다. 학생들의 정서 함양과 휴식을 위해 놓았던 벤치가 불량 학생들의 흡연석으로 이용되면서 아예 사라진 것이 대표적인 변화였다. 벤치가 있던 자리에 철봉을 비롯해 윗몸 일으키기, 허리 돌리기를 할 수 있는 운동 기구가 생겼고, 그 바람에 정원과 헬스클럽을 합친 정체불명의 장소로 탈바꿈했다.

그런데 시크릿 가든이 변화를 겪는 과정에서도 국보는커녕 지역 문화재로도 인정받기 힘들 정도로 새것 같은 삼층 석탑은 여전히 자리를 지켰다. 현대식 기계로 모서리를 잘라 낸 듯, 장인의 손길이 전혀 느껴지지 않는 삼층 석탑은 유구한 역사 대신 해괴망측한 소문을 제법 여러 개 갖고 있었다. 석탑이 어떻게 처음 학교에 나타났는지, 그 기원설은 대략 두 가지로 나뉘었다. 넓은 전원주택에 살던 이사장이 한강변 아파트로 집을 옮기면서 정원에 있던 삼층 석탑을 학교에 처박아 놓은 것이라는 처치 곤란설과, 개인 사유지였던 곳에 평화중을 지으면서 원래 있던 석탑을 옮기려 했는데 어찌된 일인지 포클레인과 지게차를 동원해도 꿈쩍하지 않아 그대로 둘 수밖에 없었다는 요지부동설이 그것이었다.

탑돌이하는 아이들은 눈 씻고 찾아도 없건만 삼층 석탑의 오묘

한 능력에 대한 전설은 학생들 입에서 입으로 전해지고 있었다. 삼층 석탑의 두 번째 옥개석을 만지면 시험을 잘 볼 수 있다는 소박한 전설부터, 석탑을 통째로 들어내면 평화중 수십 년의 시험 기록인 백발백중 족보가 나온다는 허무맹랑한 전설까지, 그 갭은 꽤나 컸지만 아무런 근거나 목격자가 없다는 점에서 허황되기는 모두 똑같았다.

최근 삼층 석탑의 가장 큰 기능은 담을 넘어 학교 밖으로 나가려는 아이들의 발판 노릇이었다. 석탑이 담 가까이 붙어 있다 보니 한 발을 두 번째 옥개석 위에 올려 지탱하고 다른 발로 담장에 올라서면 수월하게 학교 탈출이 가능했다. 물론 이런 식으로 삼층 석탑을 쓰는 아이는 많지 않았다. 무릇 평화중이 평화롭게 유지되고 있는 건 교칙을 지키는 학생이 위반하는 학생보다 훨씬 많기 때문이었다.

치승과 윤보미가 점심을 굶어 가며 담을 타 넘으려는 와중에도 대다수의 아이들은 얌전하게 식판을 들고 급식실에 서 있었고, 평화중의 평화는 바로 그렇게 유지되고 있었다.

삼층 석탑의 두 번째 옥개석 위에 왼발을 올려놓은 윤보미가 망설이는 눈치를 보이자 치승이 말했다.

"담 위에 올라가면 골목길에 음식물 쓰레기 버리는 통이 보일 거야. 그걸 밟고 내려가면 돼. 할 수 있겠어?"

"미안한데 시골에서 사과나무도 겁나게 잘 탔거든."

윤보미가 씩씩하게 담 위에 올라서더니 순식간에 아래로 풀쩍 뛰어내렸다.

"괜찮아?"

치승이 물었더니 빨리 와, 하는 대답이 들렸다.

치승도 두 번째 옥개석 위로 발을 올리는데 문득 박용기는 키도 작은데 힘들었겠구나 하는 생각이 들었다. 어쩌면 윤보미보다 작을지도 모르는데…….

담 위에 올라서자 아래에서 여유 부리며 기다리는 윤보미가 보였다.

"음식물 쓰레기통이 망가진 이유가 평화중 때문이었군."

윤보미가 뚜껑이 깨진 음식물 쓰레기통을 가리켰다.

학교 담을 넘으면 주택가로 통하는 골목길이 있었고 그 길에 근처 빌라 사람들의 음식물 쓰레기를 수거하는 통이 있었기에 굳이 땅바닥으로 바로 뛰어내리지 않아도 됐다.

"가끔은 큰길 쪽으로 쓰레기통을 옮겨 놓을 때도 있어."

큰길가에 음식물 쓰레기통이 있으면 행인들 보기에도 흉했고 근처 상가에서 항의하기 때문에 금세 원래 위치로 돌아왔지만 드물게 담 아래로 곧장 뛰어내리다 무릎을 다치는 경우도 있었다.

"박용기 사고 날은 어땠을까?"

윤보미의 혼잣말일까, 아니면 나에게 묻는 걸까? 어느 쪽이든 박용기 말고는 아무도 그날의 상황을 알 수 없었다.

아래로 뛰어내리기 전 치승은 심호흡을 했다. 지금보다 몇 센티 더 작았던 1학년 때도 치승은 음식물 쓰레기통 없이 그냥 뛰어내렸었다. 그런데 어느 순간부터 박용기가 심부름을 전담했고 치승은 이렇게 담 위에 올라와 본 것도 무척 오랜만이었다. 박용기, 무서웠겠구나 싶었지만 치승은 그 생각을 잊기 위해 쿵 뛰어내렸다.

평화중학교 학생들이 주요 고객인 관계로 낮 시간의 편의점은 한가했다. 점심까지 굶으면서 왜 나가자 했을까 궁금했는데 윤보미가 아무 이유 없이 편의점에 온 건 아니었다. 어젯밤 이미 2학년 4반 소풍 사진을 출력해서 맡겨 놓은 상태였다.

"밤에 일하는 형한테서 전해 받았어. 사고 난 아이가 얘지?"

가장 먼저 사고를 신고한 사람이라더니 편의점 알바 형은 서른 명의 얼굴 중에서 정확하게 박용기를 찾아냈다. 물론 박용기가 편의점에 자주 온 까닭도 있겠지만.

"다른 손님이랑 얘기하는 사이, 아주 잠깐이었어. 용기라고 했지? 그 애가 요 앞에 서 있는 걸 분명히 봤는데 어느새 찻길에 쓰러져 있더라니까."

사고 순간을 얘기하며 알바 형은 몸을 부르르 떨었다.

사고를 제대로 목격한 사람은 알바 형이 아니라 손님이라고 했다. 담배를 사던 손님이 어머, 쟤 왜 저래 하는 소리에 알바 형이 고개를 들었고 그때는 이미 박용기의 몸이 쓰러진 뒤였다고 했다.

"어머, 쟤 왜 저래?"

손님의 말에는 어떤 뜻이 숨어 있을까? 담임 말처럼 신호를 지키지 않고 무단 횡단을 했다는 뜻일 텐데, 단지 신호를 어긴 것만으로 그런 말을 하지는 않을 것 같았다. 혹시 차를 향해 뛰어들기라도 했단 말일까? 박용기가 정말 그랬을까?

치승은 궁금했지만 차마 물어볼 수 없어 창밖으로 시선을 돌렸다. 편의점 창문 너머로 파랗게 바뀐 신호등과 길을 건너가는 사람들이 보였다. 길 건너편 평화중도 어쩐지 새롭게 보였다. 편의점 창문 프레임을 통해 보니 일상을 찍어 놓은 다큐멘터리를 보는 느낌이었다. 파란불에 천천히 걸어가는 일상이 평온해 보였다. 잔잔한 치승의 감상을 깬 건 윤보미였다.

"혹시 이 사진 속에 박용기랑 편의점에 자주 들렀던 아이가 있을까요?"

어쩜 이런 의도가 뻔한 질문을 할까? 그래, 내가 박용기한테 빵셔틀 시켰다, 이 자리에서 자수라도 할까? 그걸 바라는 거니?

기가 막혀 윤보미를 바라보는 치승에게 결정타를 먹인 건 알바 형이었다.

"너랑 같이 온 애도 있고, 또 한 명은 얘."

앞의 '얘'는 치승이었고, 뒤의 '얘'는 사진 속의 오재열이었다. 치승은 윤보미의 뻔뻔스러운 질문보다 면전에서 사람을 망신 주는 알바 형의 '센스'에 더 기가 질렸다.

"또 다른 아이는 없었어요?"

알바 형은 화질도 안 좋은 봄 소풍 사진 속에서 이영찬도 짚어 내더니 어깨를 으쓱했다.

"내가 원래 눈썰미가 좋아."

"아 참, 그제 방송국에서 취재 나왔다던데 뭐 물어봤어요?"

치승은 긴장감에 다리가 후들거렸다.

"그냥 이것저것. 교통사고 얘기도 묻고, 이 동네 전셋값도 묻고, CCTV 작동이 잘되는지도 물었어."

딱히 박용기에 대한 취재만은 아닌 듯했다. 다행스러운 마음에 휴, 긴 숨이 흘러나왔다.

눈썰미 좋은 알바 형에게 뭔가 꼬투리 잡힐까 싶어 얼른 나가려 했는데 윤보미가 굳이 삼각 김밥에 우유를 먹고 가겠다고 했다. 고집을 꺾을 수 없어 치승도 옆에서 컵라면을 먹었다. 라면을 거의 다 먹어 갈 무렵, 알바 형이 뭔가 생각났다는 듯이 윤보미에게 말을 걸었다.

"아 참, 용기란 아이 밤에도 여기 자주 왔었대. 나보다 먼저 야간 알바 뛰던 누나 소개로 여기서 일하게 됐거든. 얼마 전에 우연히 그 누나가 잠깐 들른 적이 있어. 그때가 학교 끝날 무렵이었을 거야. 용기란 애도 있었으니까. 그런데 그 누나가 용기를 가리키면서 쟤 아직도 여자 친구랑 잘 지내니, 묻는 거야."

여자 친구? 치승은 집어 올리던 라면 가닥을 놓쳐 버렸다. 윤보미도 흥분했는지 알바 형에게 묻는 목소리가 한 옥타브 올라가 있었다.

"박용기 여친 있었어요?"

치승과 윤보미의 반응에 호응하듯 알바 형도 알 수 없다는 표정으로 고개를 옆으로 기울였다.

"그치, 좀 안 어울리지? 그 애 분위기를 아니까 나도 좀 이상해서 여자 친구 맞느냐고 물어봤어. 그랬더니 일단 늦은 시간에 굉장히 자주 들렀고 삼각 김밥, 음료수, 과자, 아이스크림 전부 용기란 남자애가 계산해서 기억한다고 하더라고."

알바 형이 미간을 찌푸리며 무언가 생각하는 눈치더니 다시 말을 이었다.

"아 참, 누나가 그랬어. 용기가 여자 친구 스타킹까지 사 준 적 있다고."

아무래도 여자 친구가 맞을 듯했다. 그런데 박용기 옆에 여자 친구가 있는 그림은 어쩐지 어색했다.

횡단보도 앞에 서 있는데 치승이 먼저 말을 꺼냈다.

"넌 어때? 진짜 여자 친구 같아?"

"글쎄, 스타킹까지 사 줬다는 말에 좀 그랬어. 보통의 여자아이라면 남자 친구한테 스타킹 같은 걸 받고 싶어 하지 않거든. 그래서 든 생각인데 혹시 그 여자애가 제3의 아이는 아닐까?"

윤보미 말을 듣고 보니 그럴 가능성이 높아 보였다. 뭐든 계산해 줬다는 말도 맘에 걸렸다. 그런데 만약 윤보미 말이 사실이라면 박용기는 밤에도 누군가의 심부름을 하고 살았단 말인데……. 빙신 새끼, 하고 씹어 넘기기엔 박용기의 일상이 짠했다.

시계를 보니 점심시간이 십오 분 남아 있었다. 급하게 뛰어갈 필요가 없어서 신호를 지켜 횡단보도를 건넜고, 운이 좋은 건지 수위실이 비어 있어 담을 넘는 수고를 하지 않고 교문으로 들어올 수 있었다.

"어쨌든 큰 건 하나 건졌다. 고생했다."

윤보미가 치승의 어깨를 두드리며 자리로 돌아갔다. 자수하지 않을 거라고, 그러니 이런 조사 따위 필요 없다는 말을 하려고 했는데 미심쩍은 박용기의 여자 문제로 말을 꺼낼 기회를 놓쳐 버렸다. 어쩐지 일이 엉뚱하게 흘러가는 것 같아 조바심이 일었다.

보미

"기말고사 얼마 안 남았으니까, 주말이라고 놀지만 말고 공부도 좀 해라."

종례를 마치고 교실을 나가려는 담임을 잡은 건 정혜연이었다.

"선생님, 혹시 누가 자수했어요?"

담임이 아니, 하면서 정혜연을 바라봤다. 또 더 물을 게 있느냐는 얼굴이었고 정혜연은 더 있었다.

"궁금한 게 있는데요, 박용기 사고는 월요일에 났고 선생님이 자수하라고 말씀하신 건 화요일이잖아요. 그럼 다음 주 월요일까지 자수하는 건가요, 아님 화요일까지인가요?"

담임이 다시 교탁으로 돌아와 자리를 잡았다. 굵은 아이라인이 꿈틀 움직이는 걸 보니 정혜연의 말에 언짢은 눈치였다.

"그게 맘에 걸렸나 보네. 내가 화요일에 말을 꺼냈으니 기간은 다음 주 화요일까지야. 또 궁금한 거?"

이번엔 송지만이었다.

"자수하면 진짜 학폭위까지 안 가요? 처음 선생님이 말씀하셨을 땐 우리 반에서만 쉬쉬하는 비밀이었는데 게시판에까지 글이 올라 이젠 전교생이 다 알잖아요. 그런데도 정말 그렇게 해 주시나요?"

송지만 쟤는 또 뭐야, 찔리는 게 있나 보지, 빨리 자수나 하지 저걸 왜 물어, 작게 들리는 웅성거림에도 아랑곳없이 담임이 대답했다.

"박용기는 공식적으로 교통사고를 당한 거야. 물론 알다시피 비공식적 사연 때문에 박용기를 괴롭혔던 세 명에게 자수하라고 말했지만 어쨌든 공식적인 건 그래. 그러니까 처음에 말했던 것처럼 자수하면 학폭위까지 안 가. 가지 않게 내가 막아."

말을 마친 담임이 입을 다물었다. 한결같이 진한 아이라인에 일자로 굳게 다문 입에서 어떤 의지가 느껴졌다.

"세 명 중 한 사람이라도 자수를 안 하면 정말로 모두 집단 상담을 받는 건가요?"

다시 정혜연이었다. 결국 정혜연이 궁금한 건 집단 상담을 받느라 오후 시간을 뺏기느냐 안 뺏기느냐였다.

담임이 정혜연을 물끄러미 바라봤다.

"혜연인 뭐가 불만이니?"

"분명히 벌받을 아이들이 따로 있는데 아무런 잘못도 하지 않은 사람에게까지 연대 책임을 묻는 건 옳지 않다는 생각이 들어서요."

담임은 곧바로 대답하지 않았다. 그 대신 교탁 위에 손을 올리고 깍지를 꼈다. 생각할 시간을 벌려고 할 때마다 나오는 버릇이었다.

담임의 표정을 '쟤를 어쩌면 좋지?'로 읽으면 너무 과한 해석이려나? 담임이 걱정하는 '쟤', 정혜연은 자기 생각이 확실한 아이였다. 가끔씩 남의 기분 따위는 상관없이 자기 생각대로 말하기도 했다. 지난 사회 시간에도 빈부 격차가 심해지면서 사회 양극화 현상이 생겼고 거리의 노숙자들도 그런 사회 구조적 모순 때문에 생긴 희생양이라는 선생님 말에 정혜연이 반대 의견을 냈다. 수업 시간이 끝나기 오 분 전쯤이었고 사회 선생님은 수업을 거의 끝낸 상태였다. 정혜연은 사회적 문제가 크다는 걸 부정하지는 않지만 그래도 개인의 노력이 뒷받침되지 않았기에 노숙자 신세로 떨어진 면이 더 크다고, 공부를 열심히 해서 개인적 성취를 이뤘으면 그 지경까지는 가지 않았을 거라고, 그걸 일방적인 사회 모순 탓으로 돌리는 건 옳지 않다고 똑 부러지게 말했다.

종소리와 동시에 교실을 튀어 나가려고 슬그머니 옆으로 몸을 틀던 아이들은 정혜연의 반론에 짜증을 냈다. 재 뭐야, 뒤에서 들렸던 이영찬의 목소리는 정혜연이 말한 내용보다는 몇 분 일찍 끝날 수 있는 수업을 질질 끌어 쉬는 시간을 잘라 먹는 것에 대한 불만이었다.

"개인적 노력과 성취, 그거 굉장히 중요하지. 그런데 내가 지적하는 건 그런 개인적 노력이 불가능한 상태의 빈곤층과, 그런 빈곤층을 구제하지 못하는 사회의 구조적 모순이야. 혜연이가 알지 못하는 우리 사회의 그늘에는 평범하게 살려고 노력하지만, 그 노력의 결실이 맺어지지 못하는 이웃들이 있어. 그들에게 왜 더 노력하지 않았느냐며 손가락질을 하는 건 너무 가혹한 일이라는 거야. 그걸 혜연이가 알아줬으면 좋겠다."

그때 정혜연은 네, 하고 대답했지만 얼굴은 영 개운치 않아 보였다. 너는 그렇겠지. 부모님 두 분 모두 안정적인 직업을 갖고 있고, 본인의 노력으로 이룬 성적도 좋고, 특목고 진학도 어렵지 않고, 이 상태로 가면 명문대를 나와 또 그에 맞는 훌륭한 직업을 갖겠지. 그렇지만 당장 네 옆에 앉은 아이만 해도 너랑 같은 조건일 수 없다는 게 보이지 않니? 같은 조건에서 출발하지 않는 경쟁이 공정하다고 너는 주장할 수 있겠니? 어쩌면 공정함은 공정하지 않은 조건을 인정하는 것에서부터 시작되는 건 아닐까?

누군가 실패로 힘들어한다면 노력 좀 하지 뭐 했니 하고 핀잔을 줄 게 아니라 손을 잡아 주고 일으켜 주는 것이 먼저 해야 할 일이다. 정혜연처럼 똑똑하지 않은 보미도 그건 알고 있었다.

시골 과수원 사과 농사의 이치도 마찬가지였다. 햇빛을 받지 못하면 사과는 빨갛게 여물지 않았다. 그럴 때는 햇빛이 잘 들도록 나뭇잎을 따 주고 사과 꼭지를 비틀어 방향을 돌려 주고 바닥에 은박 필름을 깔아 아래에서도 빛이 반사되도록 해 줘야 했다. 전방위로 햇빛을 받도록 끊임없이 신경 써야 백설 공주가 탐낼 만한 빨간 사과가 만들어졌다. 보살피는 노력이 없으면 한 알의 사과도 온전히 만들어지지 않았다. 그러니 사람은 더 말할 필요도 없는 일이었다. 평범한 농부도 아는 진리를, 선행 학습도 엄청나게 많이 한 정혜연은 몰랐다.

정혜연을 바라보는 보미 입에서 휴 소리가 났다. 그런 줄 알면서도 종종 정혜연을 부러워한 자신은 또 뭔가 싶어서였다.

잠시 후 담임이 손깍지를 풀었다. 생각이 정리됐다는 뜻이었다.

"아무런 잘못도 하지 않은 친구가 우리 반에 몇 명이나 있을까? 혜연이는 그게 누군지 알겠니? 아니, 너는 그중에 들어갈 수 있을 거라 생각하니?"

담임의 질문에 정혜연이 어깨를 으쓱 올렸다 내렸다. 어릴 때 호주에 살다 왔다더니 저런 제스처를 많이 썼다. 말로 하면 될 걸 굳이 저런 몸짓을 하는 건 뭐람. 그나저나 어깨를 올렸다 내리는 건 모른다는 뜻인가, 아니라는 뜻인가?

"옳지 않은 일은 벌써 일어났어. 박용기가 왕따를 당했다는 것도, 그걸 알면서 모른 척한 것도 모두 옳지 않은 일이야. 그런데 혜연인 그걸로 집단 상담을 받는 것만 옳지 않다고 말하고 있구나. 주말 동안 고민 좀 해 볼게, 무엇이 옳은 방법인지. 너희들도 고민해 봐. 그럼, 주말 잘 보내라."

드르륵 탕, 교실 문 닫히는 소리가 유난히 컸다. 담임이 나가자마자 정혜연은 "아, 짜증 나." 하며 가방을 챙겨 뒷문으로 나갔다. 드르륵 탕 하고 아까보다 더 큰 소리로 뒷문이 닫혔다.

수업이 끝난 후 보미는 다시 뒷골목으로 왔다. 점심시간에 담을 넘어 편의점에 간 이유는 박용기의 동선을 따라가 보고 싶어서였다. 그런데 삼층 석탑에 발을 딛고 골목으로 뛰어내려 보니 기분이 묘했다. 보미보다 키도 작은 박용기가 하기엔 힘들었을 테고, 무엇보다 그렇게까지 빵을 사다 바치는 자신에게 굴욕감이 들었을 것 같았다. 허치승, 오재열, 너희들 진짜 심했구나…….

보미도 박용기가 편의점 봉투를 들고 와서 아이들과 빵, 음료수를 먹는 걸 자주 봤다. 하지만 그뿐이었다. 그걸 어떻게 사 오는지는 관심 없었다. 담임 말대로 옳지 못한 일이 일어났다.

'그날 만약 음식물 쓰레기통이 없었다면 어땠을까?'

문득 지난달 박용기가 다리 깁스를 했던 모습이 떠올랐다. 스포츠 시간에 농구를 하다 다쳤다고 말했지만, 이렇게 빵 셔틀을 하다가 다친 건 아닐까…….

'그냥 내가 사다 줄 수도 있었는데…….'

보미는 뒤늦은 후회로 입술을 깨물었다.

박용기는 언제나 무리해서 빵 셔틀을 했던 거였다. 보미는 머릿속으로 박용기의 모습을 상상했다. 한 손에 편의점 봉투를 들고 음식물 쓰레기통 위에 한 발을 지지하고 다시 한 발을 담벼락 꼭대기에 올리는 게 가능할까? 손에 봉투가 들려 있으면 움직이기 힘들 텐데……. 그게 가능할까 하는 궁금증에 한번 시뮬레이션이라도 해 보고 싶어졌다. 보미는 주위를 둘러보고 교복 치마를 살짝 걷은 다음 한 발을 번쩍 들어 올렸다. 그때였다.

"어이 학생, 거기서 뭐하는 거야?"

걸걸한 목소리의 주인공은 '치안'이란 글자가 적힌 파란색 조끼를 입고 있는 할아버지였다. 무안해진 보미가 엉거주춤 들어 올렸던 다리를 내려 나머지 다리에 얌전하게 붙였다.

"가만있자, 교복을 보니 이 학교 학생인데 왜 멀쩡한 교문 놔두고 여기로 들어가려는 거야?"

치안이란 글자도 그렇지만 목에 걸린 호루라기와 의심스럽게 바라보는 눈빛 때문에 어쩐지 주눅이 들었다. 보미는 흘러내린 안경을 올리고, 흠흠 잔기침을 하며 목소리를 가다듬었다.

"담을 넘어서 학교로 들어갈 수 있나 궁금해서 한번 해 보려고 했어요. 절대 다른 뜻이 있는 건 아니에요."

저는 담을 넘는 불량 학생이 아니랍니다, 하는 뜻으로 손사래를 쳤다.

"며칠 전에 요 앞에서 중학생 하나 사고 난 거 알지? 그놈도 허구한 날 담을 넘어 댕겼어. 규칙을 지키지 않으면 그렇게 사고가 나는 거야. 학생도 명심해."

세상에! '치안 할아버지'가 박용기 사건을 알고 있었다. 게다가 박용기가 담을 넘어 다녔다는 사실까지. 근처 경로당으로 가려는 할아버지를 붙잡았다.

"그 날다람쥐 녀석과 친구라고? 그래, 궁금한 게 뭔데?"

치안 할아버지는 박용기를 날다람쥐라고 불렀다. 담을 타 넘어 다니는 걸 자주 봐서 그렇게 부르는 눈치였다.

치안 할아버지는 보미를 경로당 앞으로 데려갔다. 경로당 출입문 앞에 등받이 없는 플라스틱 의자가 쌓여 있었는데 그중 하나를 꺼내서 보미에게 앉으라며 주었다.

"여기 치안 글자 보이지? 이 경로당이 치안 사랑방 역할도 같이 하는데 내가 이곳 대표야."

치안 사랑방? 보미가 고개를 갸웃하자 할아버지가 신이 나서 설명했다. 치안 사랑방은 시민 눈높이에 맞춘 행정으로 곳곳에 있는 경로당에서 보거나 들은 불편 사항을 근처 지구대에 보고하면 그 사정을 해결해 주는 정책이라고 했다. 할아버지는 이곳 '연꽃 경로당' 대표이자 치안 사랑방 대표를 겸직하고 있다고 했다.

"가만있자, 날다람쥐 녀석 이름이 뭐였더라. 2학년 박용기, 그래, 여기 적혀 있네."

치안 할아버지가 파란색 조끼 주머니에서 낡은 수첩을 꺼내더니 보미에게 보여 줬다. 수첩에는 삐뚤빼뚤한 글씨로 '2학년 4반 박용기'라고 적혀 있었다. 그리고 그 아래로 5월 8일, 27일, 6월 23일, 26일…….

이 날짜는 뭐지? 설마 했는데 맞았다.

"이 날짜가 날다람쥐 녀석을 본 날이야. 내가 본 것만 이렇고 실상은 더 많이 담벼락을 타 넘었겠지."

보미가 놀란 얼굴로 할아버지를 바라보자 넌 친구면서 그것도 몰랐니, 하고 꾸짖는 말투로 물었다.

치안 할아버지는 박용기가 빵이나 음료수를 사서 학교로 돌아가는 걸 자주 봤다고 했다. 그리고 바로 알았단다. 이 녀석이 친구들에게 왕따를 당하고 있다는 걸.

할아버지가 보미에게 물었다.

"그나저나 너희 학교 급식은 그렇게 못 먹을 정도냐? 날다람쥐 녀석이 밥 못 먹은 친구들을 위해 빵을 사다 날라야 할 정도로 엉망인 거야?"

뭐라고 대답해야 하나 망설였다. 그건 급식의 질 문제가 아니었다. 할아버지는 연세가 얼마나 되셨을까? 옛날엔 어땠을지 모르지만 지금 학교는 계급 사회였다. 공부 잘하는 아이, 돈 있는 아이, 유머러스한 아이, 주먹이 센 아이, 운동을 잘하는 아이…… 그 조건 중에 여러 가지를 갖춘 아이들이 계급 사회의 상층을 차지했다. 박용기는 돈이 있으면서 아래 계급에 머문 조금 특별한 경우였다.

보미의 머릿속에 누군가의 목소리가 떠올랐다. 박용기가 왕따라서 다행이라고. 그나마 돈 많은 애가 왕따라서 큰 문제가 안 생기는 거라고. 마음 깊은 속에서 보미도 그런 생각을 했었다. 누군가 왕따가 되어야 한다면 돈이 털려도 티 안 나고, 맞아도 견딜 만하다 참고, 무시당해도 웃어넘길 수 있는 그런 아이였으면 했다. 지갑에 돈이 가득하고, 헤드록을 당해도 다음 날 아침 히죽 웃으며 나타나는 박용기는 그런 면에서 왕따의 적임자였다.

돈 없는 아이가 왕따였으면 어땠을까? 피시방 게임비를 상납하고 빵과 음료수를 사다 바치는 일을 언제까지 할 수 있었을까? 그러다 못 견디면……. 그 마지막 상상에 보미는 눈을 질끈 감았다.

팔에 돋아난 소름이 해 지는 오후의 바람 탓만은 아닐 거였다. 보미는 팔을 문지르며 할아버지를 마주 봤다. 학교생활은 할아버지가 생각하는 것보다 훨씬 복잡하고 미묘했다.

보미가 대답을 못 하자 할아버지가 혼잣말처럼 중얼거렸다.

"요즘 애들은 너무 바빠. 그렇게 바쁘니 친구가 담을 타 넘으며 뛰어다니는 것도 모르지. 날다람쥐 녀석, 언젠가 크게 한번 다칠 줄 알았어. 쯧쯧."

치안 할아버지 얼굴에도 그늘이 드리워졌다. 그런데 할아버지의 혀 차는 소리를 듣던 중 한 가지 의문이 들었다. 치안 사각지대를 발견하고 신고하는 역할을 하신다는 분이 어째서 박용기 일은 지구대에 보고하지 않았을까? 아니면 학교에라도. 할아버지 수첩에 적힌 날짜만 해도 제법 여러 날이니 신고하기에 충분하지 않았을까?

"그런데요, 박용기 일은 왜 경찰에 알리지 않으셨어요?"

보미의 질문을 받은 치안 할아버지가 옳지, 하며 기다렸다는 듯 말했다.

"그렇게 물을 줄 알았다. 나는 날다람쥐 얘기를 지구대 경찰에게 알리지 않았어. 내가 눈치를 채고 좀 도와줄까 했을 때도 그 녀석은 정말 괜찮다고 말했거든."

보미는 가슴이라도 치고 싶었다. 괜찮은 녀석이 멀쩡한 교문 놔두고 담을 타 넘어 다녔겠어요? 이렇게 센스 없는 할아버지가 어떻게 치안 사랑방을 맡으신 건지 의문스러웠다.

"난 학교에 오래 몸담았던 사람이야. 지방 학교에서 십이 년이나 수위로 있었어. 학교에 있으면서 여러 아이들을 만났지. 날다람쥐 녀석 말은 진심이었어. 눈을 보면 알 수 있거든. 눈동자가 흔들리지 않았어. 그건 거짓말이 아니란 증거였고 그래서 녀석을 믿었어. 그래도 녀석이 안쓰러워 몇 번은 도와준 적도 있어."

골목에 음식물 쓰레기통이 없는 날이면 치안 할아버지가 경로당 앞에 있는 이 플라스틱 의자를 놓아 주기도 했단다. 박용기가 의자를 밟고 수월하게 올라갈 수 있도록 신경을 써 준 거였다. 그리고 드물게 편의점 앞 횡단보도에서 만나면 수위 아저씨에게 눈을 찡긋하며 교문으로 넣어 준 적도 있단다.

"수위 하는 김 씨가 내 고향 후배야. 어느 날엔가 저기 횡단보도에서 날다람쥐를 만났는데 빵과 음료수가 제법 되더라고. 게다가 비도 오는 날이기에 내가 김 씨를 불러 한 번만 봐주라고 해서 그날은 교문으로 들어갔지."

그날도 행운의 날이었다면 좋았을 텐데…….

"박용기는 괜찮지 않았어요. 나쁜 아이들이 괴롭히고 있었거든요. 할아버지가 신고만 해 주셨어도 사고는 안 났을지 몰라요."

치안 할아버지가 모든 책임을 져야 하는 것이 아닌데도 저도 모르게 말에 원망이 배어 나왔다. 보미 말을 들은 할아버지가 깊은 한숨을 내쉬었다.

"안 그래도 사고 났다는 소식을 듣고 후회가 되더구나. 그 녀석 말을 너무 믿었나 싶어서. 교문으로 들어간 그날 봉투를 보고 걱정돼서 물었거든. 돈도 많이 쓰는데 진짜 괜찮은 거냐고. 그런데 그 녀석 대답이 참 웃겼어. 자신은 지금 숙제를 하고 있다는 거야. 무슨 숙제냐고 물으니까 거의 끝나가니 걱정하지 마시라고 씨익 웃는 거야. 그래서 그냥 넘겨 버렸지. 허 참."

치안 할아버지가 멋쩍어하며 머리를 긁적였다. 그러면서 보미에게 명함 한 장을 건네주었다. 무슨 일 있으면 반드시 연락하라고, 망설이지 말고 의논하라고 말씀하셨다.

그늘이 깊어진 골목을 빠져나와 다시 학교 앞에 섰을 때에야 박용기가 했다는 말이 생각났다. 숙제를 하고 있다고?

할아버지에게 그냥 둘러댄 말이라고 치기엔 어쩐지 의미심장했다. 그러니 할아버지도 믿고 넘어갔을 테고.

'박용기, 너의 숙제는 도대체 뭐였니?'

파란 신호등 불빛이 어서 답을 생각해 내라고 재촉하듯 깜빡였다.

사건 발생 **5일째**

재빈

"강우주, 더 높이 차야지? 그래야 수비가 있어도 헤딩하기가 쉽지."

코너킥 상황에서 세트 플레이를 연습하던 중이었다. 이영찬은 뭐가 맘에 안 드는지 연신 소리를 높였다. 그러다 재빈을 보더니, 십 분 늦었다며 잔소리까지 했다. 겨우 빠져나온 사정도 모르면서.

시험이 코앞이었지만 반 대항 축구 준결승 경기라서 재빈이 빠질 수 없었다. 경기 한 시간 전 모인 이유는 몸을 풀고 세트 플레이를 점검하기 위해서였다. 재빈은 독서실 간다는 핑계를 대고 나왔다. 반 대항이란 말을 해도 꼭 너까지 껴야 하느냐며 좋은 소리를 듣지 못할 게 뻔하기 때문이었다. 엄마에게는 수월하게 넘어갈 수 있는 일이 없었다.

재빈의 포지션은 윙백이었지만 열한 명을 못 채워 아홉 명이 하는 경기에서 자기 포지션만 지키고 있을 수는 없었다. 큰 키를 이용해 상대 팀 공격수를 전담 마크해야 했다. 피스 메시라 불리는 이영찬은 원톱으로 뛸 예정이었다. 드리블을 하며 돌파하는 이영찬의 발재간은 여전히 좋았다.

"이영찬 파이팅!"

토요일인데도 장아람을 비롯한 여자아이들 몇이 와서 응원을 했다. 이영찬이 기분 좋게 오재열에게 패스를 했는데…… 오재열이 헛발질을 하자 공이 라인 밖으로 데굴데굴 굴러갔다.

여자아이들이 깔깔대고 오재열은 멋쩍은 웃음을 지었다.

"야, 허치승 네가 좀 하면 안 돼? 오재열 투입은 정말 아니지 않냐?"

운동장 옆 스탠드에 멀뚱히 앉아 있던 허치승을 향해 이영찬이 짜증을 부렸다. 오재열은 키가 작고 말라 몸싸움에서 밀리곤 했다. 게다가 패스 성공률도 많이 떨어져 지난 경기에서도 오재열한테 간 공이 몇 번이나 상대 팀에 넘어갔다. 강우주가 우물쭈물하던 상대 선수에게서 공을 빼앗아 이영찬에게 넘겼고, 그 공이 종료 직전 골 망을 흔들었기에 망정이지 하마터면 오재열의 패스 미스로 질

뻔했다. 그러니 경기 승패에 목숨 거는 이영찬이 짜증을 내는 것도 이해가 됐다.

"실수한 걸 갖고 뭘 그래. 경기에선 잘할 수 있다니까."

실전에선 다르다며 호언장담하는 오재열의 마른 몸에서 숫자 4가 쓰인 유니폼 조끼가 겉돌았다.

허치승은 유독 뛰는 걸 싫어했다. 땀 나는 게 싫다고 말했지만 꼭 그런 것 같지는 않았다. 큰 손으로 볼펜을 쥐고 캐릭터를 그릴 때 보면 이마에 송골송골 땀이 맺혀 있었다. 그 땀은 싫지 않은 거겠지.

"유니폼 조끼 안 맞아. 그냥 오재열 시켜."

허치승이 정나미 떨어지는 표정을 지으며 거절했다.

베이지색 체육복에 빨간 유니폼 조끼 조합은 정말 우스꽝스러웠다. 몸집이 큰 아이가 입으면 빨간 조끼를 입은 곰돌이 푸처럼 보이기도 했다. 4반의 대표 곰돌이 푸는 허치승이었다. 하긴 조끼가 없어도 우스꽝스럽기는 마찬가지였다. 평화중 학생들은 베이지색 체육복이라면 아주 질색했다. 베이지색은 흙이 묻으면 잘 지워지지 않았고, 무엇보다 멀리서 보면 옷을 안 입었나 눈을 부비며 다시 보게 만들었다. 그래서 한동안 평화중학교는 체육 시간에 누드로 달린다는 헛소문이 옆 학교에 퍼진 적도 있었다.

"어차피 오해받는 거 식스 팩 하나 그렸지. 어때?"

장난기 많은 오재열은 체육복 상의에 수채화 물감으로 식스 팩을 그려 넣은 적도 있었다. 힐끗 보면 음영이 분명한 초콜릿 복근으로 보이기도 했다.

"오재열 대박이다! 교복보다 차라리 나으니까 매일 입고 다녀라."

피식 웃고 만 남자아이들에 비해 여자아이들은 박수를 치며 눈물이 나도록 웃어 댔다. 그렇게 반응이 좋은 식스 팩 무늬였지만 그 결말은 썩 좋지 않았다. 작은 키 때문에 앞줄에 서는 관계로 체육 선생님에게 딱 걸린 오재열은 그날로 수돗가에서 세숫비누로 식스 팩을 지워야 했다. 초콜릿 복근이 자리 잡았던 자리엔 누르스름한 얼룩이 남았다.

"아, 내 식스 팩!"

체육 시간 후 오재열이 체육복 윗도리를 문지르며 절규하자 송지만이 비웃으며 놀렸다.

"식스 팩은 무슨! 때밖에 없구먼."

송지만 말처럼 베이지색 체육복에 남은 얼룩은 목욕탕에 가서 몸을 불린 후 밀어내는 때처럼 보였다. 오재열은 체육복의 '때'를 빨간 조끼로 감춘 채 열심히 뛰어다녔다. 몸풀기 치고는 너무 뛴다 싶었는데 역시 그랬다. 정작 경기 시작 후 오재열은 급격한 체력 저하를 보였다.

오재열은 주전 공격수가 아니었지만 아홉 명이 운동장을 나눠

서 수비해야 했기에 적잖은 공간을 뛰어다녀야 했다. 아니나 다를까 오재열이 전담한 2반 녀석을 뒤쫓지 못해 경기 시작 십 분 만에 한 골을 빼앗겼다.

"아휴, 오재열 저거!"

이영찬이 노골적으로 얼굴을 붉혔다. 그래도 경기 초반이라 얼마든지 뒤집을 수 있었다. 4반 파이팅! 목소리 큰 조수진이 외쳤다. 재빈도 열심히 운동장을 누볐다. 하지만 전반 삼십 분이 끝나도록 점수는 1 대 0으로 변함없었다.

각 반 아홉 명의 선수에 전후반 백 분짜리, 성인 경기에 비하면 소박한 규모지만 아이들은 열심이었다. 전반전이 끝났을 때 4반이라 쓰인 빨간 조끼는 이미 흠뻑 젖어 있었다. 물론 초록색의 2반 조끼도 마찬가지였고.

쉬는 시간에 여자아이들이 이온 음료를 건네주며 다시 큰 소리로 응원했다.

"이영찬, 얼른 한 골 넣어!"

역시 이영찬에게 기대가 모였다.

후반전이 시작된 뒤 이영찬에게 기회가 많이 갈 수 있게 자주 패스했다. 그런데 2반에서 두 명이 이영찬을 전담 마크하는 바람에 번번이 공을 빼앗기기 일쑤였다.

드디어 기회가 왔다. 세트 플레이 연습을 한 대로 강우주가 코너킥 찬스를 얻었다. 이영찬이 강우주를 향해 눈을 찡긋했다. 나한테 보내란 신호였다. 강우주가 감아올려 높이 띄우면 이영찬이 헤딩을 하거나 아래로 떨어뜨려 슛을 하는 게 원래 계획이었다. 연습할 때도 그렇게 했지만…… 이영찬 옆으로 두 명의 수비수가 포진해 있었다. 공을 높이 띄울 줄 알았던 강우주가 갑자기 재빈에게 패스했다. 공을 차는 순간 이영찬을 향해 뛰어든 다른 수비수로 인해 재빈 앞은 골대까지 훤하게 빈 상태였다. 그래, 가자! 재빈이 힘껏 찬 공이 골 망을 흔들었다. 연습했던 세트 플레이는 아니었지만 동점 골을 넣었다.

잘했어, 하며 어깨를 치면서도 이영찬 표정이 좋지 않았다. 하지만 시야가 트인 재빈에게 패스를 한 강우주의 판단은 정확했다. 물론 이영찬에게도 마침내 찬스가 갔다. 갑자기 재빈에게 붙은 수비수 때문에 자유로워진 이영찬이 후반 종료 5분 전 상대의 패스 미스를 가로채 골로 연결했다. 쥐어짜야 할 정도로 체육복과 조끼가 젖었지만 결승에 진출했다.

"이런 날, 어디 가서 한잔해야 하는 거 아니냐?"

샤워도 못한 채 시큼한 땀 냄새를 맡으며 옷을 갈아입는데 오재열이 너스레를 떨었다.

"편의점에서 콜라라도 원샷하자! 콜?"

이영찬도 기분 좋게 맞받아쳤다. 결승 골의 주인공 이영찬이 셔츠와 바지로 다 갈아입고 의자에 걸려 있던 점퍼를 집어 드는데 주머니에서 뭔가 떨어졌다. 카드였다. 마침 옆에 있던 재빈이 떨어진 카드를 주워 들었는데…… 뒷면에 박용기란 자필 사인이 있는 체크 카드였다.

"이게 뭐야?"

깜짝 놀랐지만 아직 내막도 모르는 일로 소란을 피우고 싶지 않아서 조용히 물었다.

당황한 이영찬이 작은 목소리로 좀 이따 얘기하자고 말했다.

"돌려주려고 했는데 박용기 사고 나는 바람에 주지 못한 거야. 오해하지 마!"

아이들이 콜라 원샷을 하러 우르르 나간 후 이영찬이 변명했지만, 납득하기 어려웠다.

"돌려주지 못한 게 문제가 아니라, 애초에 네가 박용기 카드를 가진 게 이상하잖아."

이영찬이 별일 아니라는 듯 주먹으로 재빈의 어깨를 툭 쳤다.

"야, 장난으로 뺏은 거였어."

가볍게 어깨를 툭 치는 것처럼 그런 장난이었다는 말을 하는 거니? 하지만 재빈에겐 결코 장난으로 느껴지지 않았다. 재빈이 정색하자 이번엔 이영찬이 화를 냈다.

"그래, 좀 빌렸다. 근데 이거 나만 쓴 거 아니야. 오재열, 송지만, 주승우 전부 같이 썼어."

여럿이 하면 당당해도 되는 건가? 이영찬의 핑계가 더 비겁했다. 이영찬은 재빈 손에서 카드를 뺏어 가면서 불쾌한 표정을 숨기지 않았다. 언제부터 그렇게 박용기 생각을 했다고, 네까짓 게 뭔데 이러느냐는 표정이었다.

치승

치승은 축구 경기가 끝나자마자 학교를 나왔다. 그리고 멍하게 걷다가 골목길을 돌아 나오던 차에 치일 뻔했다. 끼이익, 치승의 코앞에서 겨우 차가 멈췄고 차창이 내려오더니 선글라스를 낀 아줌마가 소리를 질렀다.

"야, 죽고 싶어 환장했어? 어딜 보고 다니는 거야? 이 새끼가 누구 인생 망치려고……. 아휴, 재수 없으려니 정말!"

죄송합니다, 꾸벅 인사하는 치승의 귀에 짧은 욕설을 내뱉고 차는 사라졌다.

정말로 차 소리를 듣지 못했다. 차가 떠난 뒤에야 죽을 뻔했다는 실감이 들었고 팔에 오소소 소름이 돋았다. 이영찬이 구부렸다 폈다 하는 30센티 자만큼도 안 되는 거리 덕분에 목숨을 건졌다. 차가 30센티 앞에 왔을 때 박용기는 무슨 생각을 했을까? 몸이 붕 떠올랐을 땐? 차가운 아스팔트 바닥에 떨어졌을 때는?

가슴을 진정시키며 서 있는데 박용기 생각이 자꾸 났다. 학교에 같이 있을 때는 신경도 안 썼는데 이젠 빈자리만 봐도 박용기의 사소한 버릇이 떠올랐다.

박용기는 기가 막히게 중심을 잘 잡는 아이였다. 직사각형이라 도무지 어디가 중심인지 감도 안 잡히는데 박용기는 오른쪽 검지 위에 공책을 올려놓고는 빙글빙글 잘도 돌렸다. 스케치북도, 과자 상자도, 휴대폰도 박용기의 손에 올라가면 계속 돌아갔다. 지난번에는 급식 줄 가운데 서서 급식 판을 돌리고 있었다.

"손가락에 무슨 장치가 돼 있는 것도 아닌데 어떻게 한 번에 중심을 잡고 돌리는지 몰라. 신기하단 말이야."

오재열도 인정한 재주였다. 그렇게 중심을 잘 잡는 새끼가 왜 자기 인생은 중심도 없이 살았을까? 차에 뛰어들 만큼 오재열이, 아니 내 말이 무서웠을까?

무심코 걸었는데 Y병원 앞이었다.

'박용기 병실 근처만 가 볼까? 문 살짝 열고 얼굴만 몰래 보고 나올까?'

치승은 어느새 병원 로비에 들어섰다. 접수대에서 병실 호수를 물으려 하는데 저 멀리 정혜연 얼굴이 보였다.

정혜연이 여기 왜? 설마 박용기 여친? 놀라움도 잠깐, 부끄러움이 몰려와 급하게 자판기 뒤편으로 몸을 감췄다. 머릿속이 혼란스러웠다. 담임이 말한 의외의 인물이 정혜연이라면 정말 최고의 반전이었다.

정혜연은 누군가를 기다리는지 병원 로비 의자에 앉았다. 자판기와 큰 화분 사이에 몸을 숨긴 치승이 훔쳐보기에 딱 좋은 자리였다. 잠시 멍하니 앉아 있던 정혜연이 손으로 얼굴을 문질렀다. 마른세수를 하는 정혜연 얼굴이 몹시 어두웠다. 미간에 주름 골이 깊게 파였다.

'설마 박용기를 걱정하는 건가? 도대체 병원에 왜 온 거야?'

치승은 조마조마한 마음으로 정혜연을 지켜봤다. 쪼그린 치승의 다리가 서서히 신호를 보낼 즈음 정혜연이 자리에서 일어나 병원 밖으로 나갔다. 치승도 정혜연의 뒤를 밟기 위해 급하게 일어났는데, 가뜩이나 두꺼운 허벅지 근육은 이미 경직된 상태였다. 치승은 쥐가 난 다리를 들고 손가락에 침을 발라 콧등에 묻혔다. 아밀라아제가 근육 경직을 풀어 준다는 근거는 어디에도 없다지만 신기하게 몇 번 침을 묻히는 동안 쥐가 난 다리가 조금씩 풀렸다. 물론 병원 밖으로 나왔을 때 정혜연의 모습은 찾을 수 없었다. 미행도 아무나 할 수 있는 건 아니었다.

토요일의 패스트푸드점에는 가족 단위 손님이 많았다.

"일찍 왔네."

윤보미와 김재빈이 앞에서 만났다며 같이 들어왔다.

"치승인 뭐 알아낸 거 있니?"

김재빈의 질문에 치승은 윤보미가 말해 줄 거라며 말을 삼켰다.

"어제 점심시간에 치승이랑 같이 담을 넘어 편의점까지 갔다 왔어. 재빈인 안 해 봤지? 석탑 밟고 올라간다 해도 쉽지 않더라. 너희처럼 키 큰 애들은 괜찮을지 몰라도 박용기는 힘들었을 거야. 골목길에 음식물 쓰레기통이 없으면 뛰어내리는 것도 무섭고. 솔직히 말하면 이제까지 사고 안 난 게 신기할 정도야."

그 말까지 하더니 윤보미는 치승을 향해 눈을 흘겼다. 눈에 원망의 빛이 가득했다.

"사진을 가져가서 박용기랑 자주 왔던 아이들을 묻는데 예상대로 허치승, 오재열, 이영찬 정도였어. 그런데 거기서 좀 이상한 말을 들었어. 박용기가 밤 시간에 어떤 여자애랑 자주 들렀다는 거야."

"여자애?"

김재빈도 그런 소문은 처음 들었다고 했다.

"그런데 사귀었다고 보기엔 또 이상한 게 박용기가 일방적으로 돈을 냈다나 봐."

윤보미 말이 끝나자 김재빈이 앗 소리를 냈다.

"담임이 의외의 인물이라 그랬잖아. 그 의외란 말이 여자란 뜻은 아닐까?"

김재빈이 손뼉까지 치며 놀라는데 비해 윤보미는 태연했다.

"우리도 어제 그 생각 해 봤는데 누구랑 사귄다면 소문이 안 날 리 없어. 박용기는 그런 소문 없었잖아."

치승이 윤보미 말에 동의했다. 박용기는 휴대폰도 막 빌려줬다. 여자 친구가 있다면 사진이나 은밀히 주고받은 메시지도 분명 있을 텐데 그렇게 빌려줄 리 없었다. 치승은 병원에서 본 정혜연 모습이 떠올랐지만 아무래도 아닌 것 같다는 생각에 말도 꺼내지 않았다.

"박용기 이미지를 생각하면 몰래 사귀었을 가능성도 있지 않을까? 밤늦은 시간에 학교 앞 편의점에서 만났다는 것도 그런 가능성을 높여 주는데."

김재빈 말에 윤보미가 손을 내저었다.

"그런 관계는 사귀는 게 아니지. 남자 친구의 존재는 감추고 싶으면서 일방적으로 돈만 뜯는다? 그걸 여친이라 부를 수 있겠어?"

여자 친구가 아니라면 어떤 관계일까? 일방적으로 박용기를 벗겨 먹는 아이? 낮에도 밤에도 돈을 뜯기고 살았다면 그건 정말 비참했다. 박용기, 넌 도대체 어떻게 살았던 거니? 치승은 진지하게 박용기에 대해 생각했다.

갑자기 윤보미가 치승을 툭 쳤다.

"박용기가 누구한테 대시하거나 그럴 것 같은 기미 없었어?"

치승이 잠깐 고민했지만 그런 기억은 없었다. 치승이 도움이 안 됐는지 윤보미가 입술을 만지작거리며 생각했다. 그래도 떠오르는 얼굴이 없는지 고개를 흔들었다. 그 대신 치승에게 엉뚱한 질문을 했다.

"너 혹시 박용기한테 무슨 숙제 내 준 거 있어?"

숙제? 그런 건 없었다.

윤보미는 어디서 무슨 말을 듣고 온 걸까? 혹시 나 몰래 오재열이 그런 짓을 했으려나? 치승이 고민하고 있는데 김재빈이 망설이다 말했다.

"숙제라면 송지만이야. 1학기 때 역사 연대표 그리기 숙제를 박용기한테 시켰었나 봐. 송지만 말로는 돈 주고 시켰다고 하지만 어쨌든!"

김재빈은 송지만과 이영찬이 싸운 이유도 다 말했다.

"새끼들, 더티하게 굴었네."

치승의 입에서 저도 모르게 그런 말이 나왔다. 그런데 내가 그런 말을 할 자격이 있을까……. 역시나 두 아이의 뜨악한 시선이 치승에게 모였다.

치승이 입을 다물자 분위기를 변화시키려는 듯 윤보미가 화제를 바꿨다.

"게시판 글은 누가 썼는지 좀 알아봤니?"

김재빈이 학생부 선생님에게 넌지시 물었는데 끝내 알려 주시지 않았단다.

"그런데 음악 선생님 사진이 힌트가 될 수도 있다는 알쏭달쏭한 말을 해 주셨어. 벌써 오래전에 지워져 기억도 안 나는 사진을 말이야."

그렇다면 파파라치를 찾을 확률은 없다는 뜻이었다. 윤보미가 김재빈을 향해 혀를 끌끌 찼다.

김재빈이 우울한 기분을 털듯 가볍게 대꾸했다.

"뭐, 재수 없게 똥 밟았다 생각해야지."

그런데 간신히 유지되던 분위기를 치승이 망가뜨렸다.

"김재빈, 미안한데 그 말은 좀 아니다. 재수 없게 똥 밟은 게 아니라, 누가 너 밟으라고 일부러 똥을 갖다 놓았다는 생각은 안 해? 내가 누굴 미워해 봐서 아는데, 그냥 미워하진 않아. 전부 이유가 있어. 그 이유를 찾아봐. 그게 진심으로 널 미워한 사람에 대한 예의니까."

치승의 말에 김재빈이 큰 소리로 의자를 밀치며 일어나더니 바쁘다며 먼저 나가 버렸다. 분위기가 싸해지자 윤보미도 학원 시간이 됐다며 갔다. 오지랖 넓게 괜한 말을 했구나 후회가 밀려왔다.

보미

시험이라 토요일 저녁에도 보강이 있었다. 학원에서 만난 장아람이 보미를 잡아끌더니 편의점으로 데려갔다. 뭐든 고르라는 말에 시원한 밀크 티를 잡았는데 머리가 띵할 만큼 낯선 느낌이 들었다. 갑자기 차가운 걸 만져서 그러나 싶어 초코 우유로 바꿨다.

장아람은 캔 커피를 고르더니 졸음 방지용이야 하며 웃었다. 하긴 수학 보강이 세 시간 연속으로 있었다. 살찐다며 무설탕으로 고르더니 한 모금 마신 장아람이 얼굴을 찡그렸다. 열다섯 살에 블랙커피는 무리였다. 게다가 시험 기간 아닌가. 달달한 걸 들이켜도 위로가 되지 못할 판에 블랙커피라니!

"박용기 사건 때문에 불안해 죽겠어. 보미 넌 괜찮지?"

얼굴 찡그린 게 커피 때문만은 아니었구나. 그런데 나는 괜찮고 장아람은 불안할 이유가 뭐 있을까? 무슨 일 있느냐며 조심스럽게 물었더니 장아람이 의외의 말을 꺼냈다.

"지난봄 단체 카톡 할 때 넌 빠졌잖아. 그때 무슨 일이 좀 있었거든."

그 순간 보미는 아까의 띵한 느낌이 되살아났다. 캔 음료 때문이 아니었다. 처음이라 어색한 거였다. 장아람과 이렇게 단둘이 얘기 나누는 것이 처음이었다. 5월 초 전학 왔을 때 느꼈던, 여자애들의 단합된 싸늘한 분위기에서는 벗어났지만 아직도 아이들과 어색함이 남아 있었다. 그 어색함이 띵함으로 나타났고 장아람의 단체 카톡 얘길 듣고서야 그 느낌을 이해할 수 있었다.

'아, 그때…….'

보미의 눈시울이 뜨거워졌다. 교실 문을 열고 들어왔을 때 힐끗 쳐다보는 아이들의 눈빛이 얼마나 차가웠는지, 어색하게 하루를 보내는 게 얼마나 지옥 같았는지 기억이 되살아났다. 쉬는 시간이면 혼자 멀뚱히 앉아 있기가 민망해 학원 숙제를 하거나 자는 척하면서 어서 십 분이 지나가기를 기다렸다.

보미가 전학 왔을 때 여자아이들은 이미 단체 카톡방을 만들어 놓은 후였고 누구도 보미를 초대하지 않았다. 다 같이 있는 자리에서 어젯밤 단체 카톡방에 올라온 이야기를 듣고 있자면 뭐라 한마디 말도 꺼낼 수 없어 차라리 투명 인간이면 좋겠다는 생각도 했다.

누구에게도 이런 고민을 말할 수 없었다. 그러면 아마도 어른들은 그러겠지? 카톡방에 초대해 달라고 말하면 될 것을 왜 그리 끙끙 앓느냐고. 초대할 마음이 있다면 보미가 말하기 전에 아이들이 벌써 했다. 왕따는 매뉴얼이 없었다. 어떻게 행동해야 하는지 정답이 없었다. 보미는 괜히 먼저 말을 꺼내 부스럼을 만들까 조바심을 내며 마냥 기다렸다.

인도의 카스트 제도가 무색할 만큼 교실은 계급 사회였다. 전에 다니던 학교 1등의 소문을 달고 온 전학생은 재수 없는 이방인이었고 새로 합류한 사회에서는 당연히 어떤 계급에도 속할 수 없었다.

보미는 초라한 성적과 튀지 않는 행동으로 별 볼일 없음을 증명한 뒤에야 겨우 초대받을 수 있었다. 그게 5월 말이었으니 아마도 사건이 있었다면 그 전이었다. 그런데 단체 카톡방이라 해도 별다른 말이 오가지는 않았는데…….

"가끔 남자애들 뒤 담화를 하긴 했지만 그게 무슨 큰일이라고 걱정이야?"

생각보다 소심한 아이네 싶었다. 이런 아이들도 또래로 뭉쳐 있을 땐 그렇게 큰 힘을 발휘할 수 있구나 싶어 새삼스레 무서운 생각이 들었다.

"너 완전 깜깜하구나. 하긴 그 뒤에 들어왔으니 모를 수도 있겠다. 우리 여자애들끼리 인기투표했었어. 아니, 인기투표라는 말은 안 맞으려나?"

보미가 은근한 왕따를 당하는 사이, 여자아이들이 만든 단체 카톡방에서 비호감 순위를 정하는 투표가 있었단다. 별걸 다 한다 싶었지만 단순하게 재미로 하는 거였고, 그 이상의 의미는 없었다고 장아람이 강조했다.

그 말을 듣는데 보미는 또 한 번 오싹했다. 거기에 나도 뽑혔을까? 두려움이 밀려들었다. 정색한 얼굴을 봤는지 장아람이 오버하며 손을 내저었다.

"야, 오해하지 마! 남자애들 비호감 순위 정한 거야. 거기서 박용기가 압도적인 1위 했고."

보미가 다행이라며 가슴을 쓸어내리자 그 순간 장아람이 보일 듯 말 듯 비웃는 표정을 지었다. 너도 별수 없구나 하는. 나만 피해 가면 돼, 내 불행만 아니면 괜찮아……. 숨기고 싶은 속마음을 들킨 것 같아 보미도 슬쩍 고개를 떨궜다.

'그래도 그런 저질 투표나 하는 너희들보단 낫거든.'

보미는 다시 마음을 다잡았다.

"너무했다. 차라리 인기투표를 하지, 뭘 그런 걸 뽑아?"

"얘 좀 봐! 카톡에 이름을 적어야 한단 말이야. 거기에 인기투표한다고 해 봐. 속마음이 다 드러나는데 솔직하게 할 수 있겠니? 만약 인기투표하면 넌 누구 뽑을 거야?"

듣고 보니 그랬다. 보미도 솔직하게 밝힐 자신은 없었다.

그럼 비호감 투표는 솔직하게 했단 말인가? 툭하면 소란을 일으키는 허치승, 오재열이 아닌 박용기를 뽑은 마음은 진심이었을까? 뭐하러 그런 쓸데없는 투표를 해서 맘고생을 사서 할까 싶었지만 풀 죽은 장아람에게 위로를 건넸다.

"너도 박용기 뽑았구나. 카톡에 남긴 글도 지우는 방법 있다던데 찝찝하면 지워."

그런데도 장아람이 굳은 표정을 풀지 않았다.

"안 그래도 박용기 사고 난 날 여자애들 카톡 지우고 난리 났잖아. 그런데 그게 문제가 아니었어."

여자애들 몇 명이 교실 뒤에서 휴대폰을 들고 쑥덕이고 있더니 그런 내용이었구나. 혹시라도 휴대폰을 거둬 조사할까 봐 그랬겠지? 그런데 아이들 휴대폰을 다 조사할 만큼 사건이 커지려나? 무슨 문제가 또 있기에 걱정하는 걸까?

보미가 사건의 중요성을 실감하지 못한다고 느꼈는지 장아람이 고백이라도 하듯 낮은 목소리로 말했다.

"박용기가 이 일을 알고 있대."

비호감 투표 1위 '등극'을 알고 있다고? 여자아이들 단체 카톡방에서 했다는 건 비밀 투표란 뜻일 텐데 어떻게 퍼져 나갔을까?

"박용기가 어떻게 알았어? 누가 입을 놀린 거야?"

비호감 투표 자체가 잘못된 일이긴 하지만 그걸 퍼트리는 건 더욱 치사한 일이었다.

"어제 조수진이 단체 카톡방에서 고백했어. 그때 비호감 투표하면서 싫은 이유도 한마디씩 썼거든. 그걸 박용기한테 카톡으로 다 전송했다고, 혹시 그때 심하게 쓴 아이는 자수하라고. 박용기 휴대폰 복원되면 다 들통 나게 생겼으니 어쩜 좋아?"

입이 다물어지지 않았다. 상대방의 기분 따위는 배려하지 않는 잔인한 행동도 그렇지만 그걸 저지른 아이가 조수진이라는 게 더 놀라웠다. 조수진은 4반에서 제일 큰 여자아이다. 1미터 70센티라고 들었는데 얼굴까지 조숙해서 어쩐지 어른 느낌이 풍겼고 성격도 외모와 비슷했다. 간이라도 빼 줄 것처럼 살갑게 굴다가도 금세 차갑게 돌아서는 또래 여자애들과 달리 매사에 무심한 편이었고, 그런 성격 때문에 오해도 곧잘 받았다.

전학 온 첫날, 조수진이 보미의 어깨를 툭 쳤다.

"시골에서 전학 왔다고? 촌닭, 반갑다!"

높낮이가 없는 단조로운 말투였다. 게다가 촌닭이라니! 저게 정말 반가워서 하는 말인가 싶었다. 보미는 '반갑다'가 아니라 '촌닭'에 방점을 찍어 들었고, 그래서 기분이 무척 나빴다. 그런데 가만 보니 그게 조수진 스타일이었다. 서나래처럼 다정하게 말을 걸어 주진 않았지만 제일 먼저 휴대폰 번호를 알려 준 아이도 조수진이었다.

"혹시 뭐 궁금한 거 있으면 물어보라고."

책상 위에 놓인 보미의 휴대폰을 집어 들더니 전화번호를 저장해 주며 한 말이었다. 말끝에 느낌표가 있는지, 물음표가 있는지 파악하기 어렵게 한 음으로 연결된 말투. 같은 나이지만 '왕 언니' 느낌이 묻어나는 아이가 조수진이었기에 듣고도 믿기지 않았다.

"조수진은 왜 그랬대? 박용기를 그렇게 싫어했어?"

보미가 묻자 장아람이 기회다 싶은지 침을 튀기며 조수진 흉을 늘어놨다.

"그게 더 어이없어. 정작 조수진은 허치승을 찍었어. 그러니까 걔는 쏙 빠져나가면서 우리만 뒤집어쓰게 생겼지. 쿨한 척하면서 어쩌면 이렇게 사람을 속일 수 있니?"

조수진에 대한 배신감 때문인지, 박용기 사건의 후폭풍이 걱정되어서인지 장아람은 눈물까지 글썽였다.

비호감 투표 결과는 박용기 몰표였단다. 단체 카톡방에 초대는 받았지만 학원과 과외로 휴대폰 들여다볼 시간이 없는 정혜연과, 전학 온 탓에 왕따를 당하는 중이었던 보미 빼고 모든 아이가 한 명씩 이름과 싫어하는 이유를 적었는데 두 표를 빼고는 박용기에게 표가 쏟아졌다고 했다. '돈 좀 있다고 나대기나 하고 키도 작고 외모도 볼품없어서'가 장아람의 비호감 이유라 했다.

조수진은 투표 결과를 박용기에게 바로 전송했단다. 재수 없다, 못생겼다, 평생 허치승, 오재열 뒤치다꺼리나 할 것 같다 등등의 이유까지 함께.

한 아이가 '재수 없다'고 하면 똑같은 이유를 댈 수 없으니 다른 아이는 '나댄다'고 했을 테고, 또 다른 아이는 '꺼졌으면 좋겠다' 같은 더 자극적인 말을 남겼을 테다. 그리고 박용기는 그걸 고스란히 알게 됐고…….

결과만 아는 것도 괴로울 텐데 이유까지 굳이 전송해야 했을까? 조수진은 왜 그렇게 잔인한 짓을 했을까? 막연하게나마 제3의 아이가 남자아이일 거라 생각했는데 이젠 누가 후보가 돼도 이상하지 않았다. 모두 진흙탕 속에 한 발씩은 담근 채로 두 발 담근 아이를 찾느라 혈안이 되어 있었다.

"신은재는 차라리 죽어 버렸으면 좋겠다, 이렇게 썼어. 내가 보기엔 걔가 제일 심해. 들어 보니까 어때? 나보단 신은재가 더 심하지? 그치?"

위안을 얻고 싶은 건지, 동의를 얻고 싶은 건지 장아람이 대답을 재촉했지만 어느 것에도 마음이 가지 않아 보미는 애매하게 대답했다.

"진짜 심했다. 신은재도 불안에 떨고 있겠네?"

"그렇지도 않아. 자기는 그 밑에 메롱 하는 이모티콘 붙였으니 조금이라도 카톡에 익숙한 아이라면 농담으로 받아들였을 거라나? 어쩜 그렇게 뻔뻔한 말을 하니? 아니, 이모티콘만 갖다 붙이면 아무 말이나 다 농담이 되니? 걔 진짜 웃기지 않니?"

'걔'만 웃긴 게 아니었다. 모두 다 웃겼다. 뻔히 얼굴을 보면서도 전화를 안 받고, 안 보이는 데서 비난하고, 또 그걸 본인에게 알려 주고…… 마치 모두 박용기를 무시할 권리라도 있는 것처럼 굴었다. 어쩌면 미친 듯이 편의점으로 달려가 빵을 사 오는 건, 박용기가 받았던 고통 중에서 빙산의 일각이었을지도 몰랐다.

'박용기, 전화 안 받아서 진짜 미안해.'

장아람을 바라보고 있는데 어쩐 일인지 박용기의 얼굴이 또렷하게 떠올랐다.

사건 발생 **6일째**

재빈

일요일 오후는 청소년 미사였다. 예쁜 여자아이를 보러 나온다는 녀석도 있었지만 재빈은 진심으로 회개하기 위해 성당을 다녔다. 눈을 감고 기도를 하는데 울컥 감정이 복받쳤다.

'용서해 주세요. 제가 한 모든 말과 잘못된 행동을 용서해 주세요.'

입이 점점 더 거칠어졌다. 혼자 있는 시간이면 욕을 참을 수 없었다. 부모님은 물론 선생님, 친구들 모두가 대상이 됐고 정체불명의 쌍욕이 터져 나왔다.

스트레스가 쌓일 때마다 욕이 하고 싶어 입이 근질거렸다. 재빈은 위험했고 스스로 그 위험을 인지했다. 지난번 게시판 일로 학생부 선생님과 있을 때도 '특종' 얘기에 화가 나서 하마터면 불쑥 욕이 나올 뻔했다.

'그만해야 돼. 더 하면 들켜.'

마음이 경고를 보냈다.

미사를 보고 나오는데 누가 툭 쳤다. 같은 성당에 다니는 루시아 누나였다.

"무슨 기도를 그렇게 열심히 해? 세계 평화라도 기원했니?"

내 마음의 평화도 못 찾고 있는데 무슨 세계 평화씩이나! 재빈은 대답 대신 씩 웃었다.

"아 참, 박용기랑 같은 학교지? 걔 학교 앞에서 교통사고 났다며? 소식 듣고 깜짝 놀랐다."

대학생인 루시아 누나가 어떻게 박용기 사고 소식을 아나 싶어 쳐다보자 누나는 설명을 덧붙였다.

"용기 누나가 나랑 고등학교 동창이야. 그나저나 걔 많이 다쳤는지 가족들 걱정이 많더라. 그래도 회복이 빨라 다행이지 뭐."

루시아 누나는 박용기가 왜 다쳤는지 자세한 내용은 모르는 눈치였다.

"병원에 갔다 왔어요? 골절이 심하다고 들었는데 어때요?"

재빈이 묻자 병원에 가지 않았다고, 그냥 박용기 누나 페이스북에 올라온 사진을 봤을 뿐이라고 했다.

"용기 사진도 떴어요?"

박용기의 상태를 궁금해했더니 루시아 누나가 스마트폰을 꺼냈다. 누나가 보여 준 페이스북 사진엔 다리 한쪽을 깁스한 사람의 일부만 찍혀 있었다. 그게 박용기인지는 확인이 안 되지만 '동생 병원에서'라는 글이 있으니 박용기로 봐야 했다.

전치 10주라더니 보기 흉해서 전신사진을 안 올린 걸까? 표정이 일그러지는 걸 본 루시아 누나가 재빈의 어깨를 두드렸다.

"걱정 마. 나도 깁스만 보고선 걱정했는데 다행히 머리랑 팔은 안 다쳤나 봐."

사진엔 오로지 다리만 찍혔는데 무슨 근거로 그런 말을 하나 싶던 차에 루시아 누나가 깁스한 다리 위쪽으로 희미하게 찍힌 뭔가를 가리켰다.

"프라모델이잖아. 머리도 손도 멀쩡하니 프라모델을 조립하겠지?"

사진을 확대해 보니 빨간색 망토를 두른 프라모델이었다. 음, 다행이다 싶으면서도 뭔가 이상했다.

루시아 누나랑 헤어져 집으로 오다가 이상한 느낌의 정체를 알았다. 박용기는 손가락도 골절이라 했다. 당연히 프라모델 조립을 할 수 없는 상태였다. 그러면 그건 뭐지, 하는데 그 역시 어디선가 본 느낌이었다. 빨간 망토의 프라모델이 분명히 눈에 익었다. 어디서 봤을까, 궁리를 하는데 집에 다 와서야 생각이 났다.

재빈은 큰길가에 있는 프라모델 가게로 달려갔다. 주말이면 프라모델 가게 한 켠에 있는 넓은 테이블에서 동호인들이 조립하는 모습을 몇 번 봤었다. 재빈의 머릿속에 떠오른 그 애도 지난번에 가게 유리창 너머에서 조립하는 걸 본 적이 있었다. 저 애가 저런 취미가 있었구나 했지만 스치듯 지나간 기억이었다.

혹시 그 애가 있을지 모른다는 생각에 급하게 뛰어왔는데 정말 있었다. 강우주! 강우주의 UCC에서 빨간 망토 프라모델을 봤었다. 도덕 선생님은 한 반에 세 명 정도의 UCC를 보여 주셨다. 물론 인상적인 작품 위주로 선정해서. 강우주의 UCC도 뽑혔는데 프라모델 몇 개를 이용해 스토리를 만든 거였고 그중 하나가 빨간 망토 건담이었다.

가게의 창문을 똑똑 두드리자 강우주가 깜짝 놀라서 밖으로 나왔다.

"혹시 용기 병원에 갔었니?"

재빈이 대뜸 묻자 강우주가 애매한 표정을 지었다. 인정해야 하나, 말아야 하나 정도?

거짓말할 생각이라면 미리 끊어 줘야 할 것 같아서 박용기 누나의 페이스북 사진 이야기를 했다.

"가긴 했지만 입구에서 누나를 만나서 건담만 전해 줬어. 용기가 탐내던 거였거든."

가긴 했지만 만나진 못해서 애매한 표정을 지은 거였다. 그렇다면 두 번째 질문.

"용기랑 친했어?"

교실에서는 알은척도 잘 안 하던 두 녀석이 건담을 주고받는 사이였다는 게 의아했는데 강우주가 고개를 끄덕였다.

"얼마 전에 프라모델 가게 오픈 기념 바자회에서 용기를 만났어. 그 전엔 용기가 다른 단골 가게를 다녀서 전혀 몰랐었어."

친해진 지는 얼마 안 됐단 뜻이었다. 그렇다 해도 교실에서는 눈조차 제대로 마주치지 않았다.

"그냥 학교에서 박용기랑 친한 거 티 내기 싫었어."

부끄러움인지, 미안함인지 강우주 얼굴이 빨개졌다. 지질이 박용기랑 엮이는 게 싫었구나. 좀 비겁했군, 친구! 하지만 이해 못 할 사정도 아니었다. 누구도 박용기를 위해 나서 주지 않았으니까. 너무 심하다 싶은 순간에도.

그게 미안해서 건담을 전해 준 거였다. 비밀 연애도 아니고, 참! 강우주의 커다란 눈에 담긴 비밀이 이거였군 하다가 메모지 생각이 났다.

"저기 물어볼 말이 하나 더 있어. 네가 메모지 보낸 거니?"

그런데 이 질문은 영 이해를 못 했다. 할 수 없이 과학책에 꽂혀 있던 메모지에 대해 말했지만 자기는 아니라고 했다. 뭐야, 응원군이 아니었던 거야?

"그러면 왜 그날 나를 자꾸 훔쳐봤어?"

재빈이 따지듯이 묻자 강우주가 우물쭈물했다.

"게시판 글 말이야, 누가 올렸는지는 모르지만 도움이 될 만한 정보를 알고 있어."

메모지를 보냈다는 말보다 더 놀라웠다.

"그 파파라치가 얼마 전에 음악 선생님 사진 찍어 올렸던 건 알지? 사진이 금방 삭제돼서 기억할지 모르겠지만 그 배경이 롯데월드야. 음악 선생님 뒤로 회전목마가 보이고 또 그 옆에 너구리 캐릭터 인형도 보였거든."

파파라치가 누군지는 강우주도 모른다고 했다. 하지만 장소는 확실하다며 단언했다.

재빈은 기억을 더듬어 음악 선생님의 사진을 떠올려 봤지만 헛수고였다. 선생님 뒤로 회전목마가 보였는지, 너구리 캐릭터가 있었는지 아무것도 생각나지 않았다.

"잠깐! 롯데월드에서 사진 찍어 왔으면 파파라치가 누군지 아는 애들도 있었을 텐데, 누구한테도 그런 소리를 못 들었어. 어떻게 소문이 하나도 안 났지?"

파파라치가 누군지는 끝내 소문이 안 나고 넘어갔다. 적어도 같은 반에서는 알게 됐을 테고, 그렇다면 전교에 퍼지는 건 며칠이면 가능했을 텐데 어떻게 소문이 안 났을까?

"음악 선생님 사진이 롯데월드에서 찍혔다는 건 아마 대부분 모를 거야. 음악 선생님과 여자 친구 모습이 워낙 커서 꼼꼼하게 보지 않으면 회전목마가 잘 안 보이거든. 회전목마를 찾았다 해도 똑같은 놀이 기구 있는 데야 넘치듯 많을 테고. 캐릭터라도 크게 보였으면 바로 알아차렸을 텐데 사실 캐릭터도 팔만 살짝 나와서 그게 너구리였는지 모르는 애들도 많을 거야."

팔만 보고 너구리 캐릭터를 알아봤다고? CSI도 아니고 강우주의 정체는 뭐지? 평소 신중한 아이란 건 알았지만 흥분하지 않고 차분하게 파파라치를 추적하는 말투가 오히려 무서웠다. 문득 이 아이가 혼자 있을 때의 얼굴은 어떨까 궁금해졌다.

재빈의 야릇한 표정을 잘못 이해했는지 강우주가 엉뚱한 얘기를 했다.

"우리 아버지가 하는 돈가스 가게가 롯데월드에 있어. 어릴 때부터 하도 많이 다녀서 척 보면 어느 장소에서 어떤 각도로 찍었구나 답이 나와."

그렇다면 음악 선생님 사진을 롯데월드에서 찍었다는 건 맞는 말일 테다.

"그리고 또 하나! 6반 정한결이 롯데월드에서 다문화 가정 아이들 사진 찍어 주는 봉사 활동을 했다더라."

억울하게 죄를 뒤집어쓴 재빈을 위해 제 나름대로 수소문한 모양이었다. 메모지를 보내진 않았지만 강우주는 응원군이 맞았다.

치승

지이이잉, 베란다에서는 세탁기가 돌아가고 치이익, 주방에서는 고기 굽는 소리가 들렸다. 기숙사에 사는 형이 돌아오는 주말이면 모처럼 집 안에 소리들이 넘쳤다.

"현승이, 치승이 잘 먹네. 아휴, 너희 먹는 고깃값이 도대체 얼마냐?"

말은 그렇게 하면서도 아버지는 치승이 먹는 모습이 보기 좋은지 이미 배가 꽉 찼는데도 한 쌈만 더 먹으라고 했다.

"현승이는 저녁까지 먹고 가면 안 돼?"

아버지는 시험 준비 때문에 오후에 기숙사로 돌아가야 한다는 형의 말에 서운해했다. 청양 고추까지 넣어 맵게 쌈을 싸 먹던 현승 형은 아까부터 러닝셔츠가 흠뻑 젖어 있었다. 땀이 찬 앞머리를 쓸어 넘기자 살색 밴드가 보였다.

"거기 왜 그래? 다쳤어?"

지난주에 형은 2박 3일 수련회를 다녀왔다. 아버지가 놀라 묻는 건 혹시 거기서 무슨 일이 있었나 하는 불안감 때문이었다. 설마 모범생 형이 주먹질이라도 했을까 봐? 별 걱정을 다 한다 싶었다.

"사실 수련회에서 돌아오는 길에 교통사고가 좀 있었어요."

형이 간단한 접촉 사고였다고 말하는데도 아버지는 걱정스러운 표정을 풀지 않았다.

“제일 심한 친구가 팔꿈치 타박상에 목이 뻐근하다는 정도였다고요. 저는 동전만 한 멍뿐이에요.”

결국 형이 밴드를 떼어 상처를 보여 주자 아버지는 그나마 다행이라 말했다. 떨리는 가슴을 진정시킨다며 아버지가 맥주 한 컵을 쭉 들이켰다.

“아버지가 운전대 잡으면 굉장히 조심하는 거 알지? 실은 오래전에 수학여행에서 돌아오다가 큰 사고가 났어.”

아버지가 바지를 걷어 올려 허벅지 안쪽에 난 상처를 보여 줬다. 고등학교 2학년 봄, 강원도로 수학여행을 갔다 오는 길이었다고 했다. 비가 부슬부슬 내렸고, 밤새 놀았던 아이들은 휴게소에서 점심까지 먹고 나자 너나없이 고개를 끄덕이며 졸았단다.

“그때 갑자기 버스가 미끄러졌어. 뭔가 이상하다는 생각에 눈을 떴을 땐 이미 버스가 도로 옆으로 굴러 떨어진 뒤였지.”

장소가 문제였다. 버스가 떨어진 도로 옆은 비탈이 심한 경사면이었다. 자칫 잘못하면 모두가 목숨을 잃을 수도 있는 위험한 상황이었다. 담임 선생님이 침착하게 창문을 깨서 한 명씩 탈출하자고 했고 앞 번호 아이들부터 창문으로 나갔다. 그런데 이미 팔과 다리를 다친 아이들은 혼자 힘으로 버스를 탈출할 수 없었단다.

“아버지도 그때 다친 거예요?”

치승이 묻자 아버지는 그때 기억이 떠오르는지 얼굴을 찡그렸다.

"나는 그때 맨 뒤 칸에 앉아 있다가 앞으로 튕겨 나왔고, 버스 옆면에 세게 부딪쳐서 다리를 움직일 수 없었어. 애들이 하나둘씩 밖으로 나갈 때마다 그 진동으로 버스가 조금씩 미끄러진다는 느낌이 들었어. 그리고 버스에는 일곱 명의 아이들이 남았어."

그런데 먼저 탈출했던 놈들이 둘씩 들어와 못 움직이는 애들을 부축해서 나가기 시작했고, 아버지도 그 덕에 바깥으로 나오게 되었단다. 말로만 들을 뿐인데도 등줄기로 땀이 흘러내렸다. 형도 땀이 난 손바닥을 바지에 문질렀다. 그러면서 모두 무사히 탈출해서 다행이라고 말했다. 그러자 아버지 얼굴이 더 심각해졌다.

"모두 나오진 못했어. 내가 네 번째로 나왔고, 다섯 번째 아이가 나올 때 버스는 계곡으로 떨어졌어. 창문에 꼈던 다섯 번째 아이는 밖에서 끌어당기는 힘으로 살았고."

따라 한 것도 아닌데 치승의 표정도 아버지와 비슷해졌다. 쓸쓸하면서도 우울한…….

모처럼 가족이 다 모인 일요일 점심을 망친 게 싫은지 아버지가 애써 웃음을 지었다.

"그날 이후 나는 좌우명이 한 가지 생겼어. 아무리 무섭고 위험한 사고 현장이라도 절대로 먼저 도망치지는 않겠다고. 적어도 다섯 명은 구하고 도망치겠다고."

"다섯 명만 구한다고? 무슨 좌우명이 그렇게 시시해?"

치승이 입술을 비죽 내밀자 형은 아니라고 했다.

"어쩌면 그것도 쉽지 않을걸. 내 목숨이 위험한데 다섯 명이나 구하겠다는 거잖아. 아주 대단한 좌우명이지. 저는 겁이 많은 편이니까 네 명만 구하고 도망칠게요."

갑자기 형의 좌우명도 정해졌다.

"수능 봐야 하는 녀석이 그렇게 주제를 못 찾니? 여기서 주제는 비겁해지지 말자는 거야."

아버지 말에 형이 네 명을 구하는 것도 비겁하지 않은 행동이라며 맞섰다. 고기를 구워 먹는 주말 점심이 좌우명을 정하는 시간이 돼 버렸다. 비겁하지 않게 살아라, 치승도 그 말을 고기쌈과 함께 삼켰다.

오재열이 호들갑을 떨며 전화한 건 형이 기숙사로 돌아간 오후였다.

"야, 지금 아파트 입구로 빨리 나와. Y방송국에서 취재 나왔어. 정혜연이 인터뷰하고 있어."

며칠 잠잠했는데 방송국에서 왜 또 취재를 나왔을까? 그리고 박용기 사건 취재라면 학교가 아닌 인근 주택가까지 취재할 필요가 있을까? 뭔가 석연치 않았다. 두서없는 생각을 하면서 오재열을 만나러 갔다. 하지만 치승이 도착했을 땐 인터뷰가 끝났는지 정혜연의 모습은 없고 카메라를 챙기는 방송국 관계자들만 보였다.

공부하느라 바쁜 그 깍쟁이가 정말 인터뷰를 했을까 싶었는데 오재열이 휴대폰으로 촬영한 걸 보니 사실이었다.

"정혜연한테 뭐 물어봤어?"

박용기 때문에 굳이 인터뷰를 딴다면 학교 앞에서 해도 될 텐데…… 촬영된 정혜연 모습을 보면서도 의아스러웠다.

"오디오에 잡음 들어간다고 멀찍이 떨어져 있으래서 잘 못 들었는데 사건 어쩌고 하고 사람 이름도 말하는 것 같았어."

사건이라면 정말 박용기 얘기가 맞으려나……. 오재열 입술이 파랬다. 멋 내느라 윗옷으로 브랜드 저지 하나만 입었다. 옷을 얇게 입어서도 그렇겠지만 두려운 마음 탓도 클 것이다. 치승도 궁지까지 몰린 느낌이었다.

"어쩌지?"

오재열의 목소리가 떨렸다. 일이 커지면 학부모회 회장인 엄마 얼굴에 먹칠하는 거라고, 혹시 돈이라도 엄청 물어내게 되면 어쩌느냐고 오재열 엄마가 우셨단다.

"너는 말씀드렸어?"

치승은 아직 아버지에게 말을 못 했다. 치승에게도 오재열 못지않은 사정이 있었다. 아버지는 요즘 신경 안정제를 복용했다. 도우미 아줌마가 실수로 치승의 옷을 아버지 옷장 서랍에 넣었고 그걸 찾다가 아버지 약을 발견했다. 치승 몰래 먹느라 감춘 거였다. 엄마가 떠나도 똑같이 살자 했지만 한 사람이 떠난 자리는 무엇으로도 메꿀 수 없었고 아버지는 마음의 약을 처방받아 생활하고 있었다. 그런 아버지에게 차마 박용기 사건 이야기를 할 수 없었다. 아버지는 비겁하게 살지 마라 했는데…….

치승이 말이 없자 오재열도 덩달아 시무룩해졌다.

"일이 자꾸 커지는 것 같아. 차라리 자수하는 게 더 나으려나?"

오재열은 방법론적인 고민이었다. 선수 치듯이 자수하자고? 그게 더 나은 방법인지 아닌지 치승도 확신할 수 없었다. 그저 늦가을의 바람이 더 차갑게 느껴졌다.

보미

김재빈, 허치승과 수시로 연락하기 위해 카톡을 다시 깔자마자 장아람이 단체 카톡방으로 초대했다. 정혜연이 Y방송국이랑 인터뷰한 사실에 대해 한마디씩 하고 있었다.

방송국이라니 뭐?

서나래는 Y방송국 취재 일을 전혀 모르고 있었다.

방송국에서 박용기 사건 조사하잖아. 몰랐어?

장아람의 대답에도 못 믿겠는지 또 물었다.

리얼리?

완전 리얼뤼!

하지만 그걸로 끝이었다. 맞다, 서나래는 비호감 투표에서 김재빈 썼다고 했지? 그래서 아무 관심이 없구나. 그런데 가만, 단체 카톡방인데 왜 열다섯 명이 아니라 열세 명이지? 정혜연은 당연히 초대하지 않았을 거라 생각했지만 나머지 한 명은 누굴까? 예상대로 조수진이었다.

사건이 커지면 박용기 휴대폰도 다 조사하겠네.

지난번 대구 중학생 사건도 휴대폰으로 드러났잖아.

조수진 미쳤나 봐. 그걸 왜 보냈대?

하여튼 또라이라니까.

그러고는 조수진에 대한 성토가 줄줄이 이어졌다. 점점 말이 심해지는 것 같아 보고 있는 보미도 괴로웠다. 여자아이들 모두가 보고 있는지 카톡 대화 옆에 달린 숫자가 빠르게 줄어들었다. 그 숫자는 상대방이 내 글을 읽었는지 안 읽었는지 알려 주는 거였다. 상대방이 읽고도 답을 안 하면 나를 무시하나 하는 생각이 들어서,

오래도록 안 읽고 있으면 나는 관심 밖의 사람이었나 싶어서, 어떤 식으로든 기분 나빠지게 만드는 요망한 숫자였다. 지금 숫자가 빠르게 줄어들고 있다는 건 모두 여기에 집중해서 읽고 있단 증거였다. 이걸 공범 의식이라고 불러야 하나…….

어쨌든 박용기 휴대폰으로 넘어간 글은 조사하면 나오게 돼 있어.

혹시라도 왜 그랬나 물으면 장난이었다고 말해.

행동 강령을 지시하려고 장아람이 불렀구나.

진짜 장난이었잖아.

옆의 숫자가 빠르게 줄어들더니 고개를 끄덕이는 이모티콘이 바로 하나 떴다. 그 아래로 오케이를 외치는 이모티콘들도. 어쩜 이렇게 한마음으로 움직일 수 있나 싶었다. 의기투합하는 걸로 보면 독립군의 의리 못지않았다. 와락 무서운 생각이 들었다.

'그런데 너희 그게 정말 장난이었니?'

보미는 묻고 싶었다. 단지 장난이었을 뿐이라면 이렇게 떨고 있을 필요가 없잖아. 세게 나가고 싶었지만 아이들의 눈 밖에 나 봤자 좋을 게 없어 잠자코 있었다.

앵앵 울리던 카톡이 잠잠해졌지만 기분은 계속 찜찜했다. 조수진은 왜 그런 일을 했을까 궁금했다. 그래서 정면 돌파하기로 했다. 조수진에게 전화를 걸어 당장 만나자고 했다.

"왜 박용기한테 카톡 내용을 전달한 거야? 너는 비호감 투표에서 뽑지도 않았다면서?"

햄버거 사 먹을 돈도 없어 편의점 앞에서 만났기에 시간 끌 것 없이 바로 물었다. 평소의 조수진이라면 감추지 않고 바로 대답해 줄 거라 예상했는데 역시 그랬다.

"삼천 원 있으니까 뭐라도 먹으면서 얘기하자. 안 그래도 역대급으로 욕먹고 있는데 해명할 기회도 되고 좋네!"

여학생 식욕이 남학생보다 적다는 편견 깨뜨리기 운동 본부의 이사장이라도 되듯이 엄청난 식욕을 자랑하는 조수진이 컵라면 두 개와 삼각 김밥 하나를 사 왔다. 그러더니 내가 샀으니까 김밥은 내 거다 하며 바로 뜯어 먹었다. 어찌나 우물거리면서 잘 먹는지 보미는 라면의 반을 덜어 조수진에게 넘겼다.

"지금 막 떠오른 생각인데 욕먹고 실제로 포만감을 느끼면 얼마나 좋을까? 그럼 다이어트도 되고 좋을 텐데……."

그런 조수진을 쳐다보는데 기가 막혀 헛웃음이 나왔다. 카톡 내용을 전달해 박용기에게 상처를 주고 또 그게 알려져, 아니 본인이 자수해 여자아이들에게 따돌림당하게 생겼는데 아무렇지 않게 밥이 넘어가나 싶었다.

"왜 웃는지 알겠는데, 전부 오해야! 내가 박용기한테 카톡 내용을 전달한 건 걔를 돕기 위해서였어. 솔직히 박용기가 가끔 분위기 깨는 말 하고, 돈 있다 잘난 척도 했잖아. 그런 박용기 보고 있으면 답답했거든. 조금만 조심하면 될 텐데, 왜 그걸 모를까 싶어서. 허치승 일당한테 괴롭힘당하는 걸 막긴 힘들지만 여자애들의 비호감은 바꿀 수 있을 거라 믿었어. 여자애들이 너를 이렇게 생각하니까 그런 건 좀 조심하라고, 그냥 순수한 의도였어. 박용기도 기분 나쁘지 않았는지 고맙다 했고."

보미 생각대로 조수진은 쿨한 아이였다. 다만 직접 전달이라는 방법은 좀 심하다 느껴졌다. 조수진이 한 행동은 분명 선의에서였다. 하지만 선의를 그 모양이 망가지지 않게 상대방에게 전달하는 방법은 열다섯 살이 알기엔 너무 어려웠다.

"여자애들은 네가 자기들을 함정에 빠뜨렸다고 생각하나 봐."

해명할 기회조차 얻지 못했을 조수진의 처지가 딱했다.

"맞아. 그렇게 생각할 수 있어. 용기 휴대폰을 뒤지지 않으면 묻힐 일이라서 처음엔 모른 척할까 했어. 그런데 문득 담임이 말한 제3의 아이가 우리 중에 있는 건 아닐까 의심이 들었어. 그렇다면 갑자기 뒤통수 맞게 두느니 먼저 준비할 기회라도 주는 게 옳다 싶어 밝혔어."

처음으로 조수진 얼굴이 어두워졌다. 여자아이들 사이에서 따돌림당하게 될지 모르는 미래에 대한 걱정 탓이리라. 애들 앞에서 변명이라도 하지 싶었지만 이런 말을 순순히 믿어 줄지도 의심스러웠다. 집단의 힘은 생각보다 강하니까.

'수진아, 너라면 무리 속에 있지 않아도 잘할 수 있을 거야. 일탈은 고독하지만 자유로운 면도 있거든. 먼저 따돌림당해 본 선배 입장에서 얘기하자면 불안해하지 말고 그 시간을 즐겼으면 좋겠어.'

이런 말을 조수진에게 해 주고 싶었지만 할 수는 없었다. 열다섯 살과 고독은 잘 어울리지 않았고, 보미 자신도 잠깐 동안의 따돌림에 무척 힘들었으니까.

"그런데 애들한테도 미안하지만 제일 미안한 건 용기야. 아닌 척했지만 상처받았을 거야."

조수진 얼굴에 먹구름이 가득했다. 물론 말하면서도 컵라면은 악착같이 먹어 치웠다.

"근데 나 앞으로 어떻게 되는 걸까?"

걱정스럽게 물었지만 아직 마음의 여유는 있는지 묻는 말에 웃음이 배어 있었다. 위대한 식욕의 힘이여! 어쩐지 조수진이라면 잘 이겨 나갈 거라는 믿음이 생겼다.

사건 발생 **7일째**

재빈

방송국 취재 이야기가 학교에 다 퍼졌다. Y방송국 취재 차량을 본 아이들도 꽤 많았고 박용기 사건 취재라는 것이 사실로 굳어졌다. 정혜연이 인터뷰하는 걸 본 아이도 있었고 오재열이 찍은 영상은 재빈도 봤다. 아직 사실로 확인된 것도 아닌데 왜들 이렇게 수선스러울까 싶었지만 재빈도 괜히 불안했다. 그런데 정혜연이 인터뷰를? 시험공부로 바쁜 아이가 어쩐 일인가 싶었다.

기말고사가 코앞인데도 교실은 박용기 사건 때문에 온통 뒤숭숭했다. 여자애들도 무슨 비밀이 있는지 모이기만 하면 쑥덕거렸다. 끼리끼리 뭉쳐 휴대폰을 들고 얘기하는 모습을 보면 분명 뭔가 꿍꿍이가 있었다.

'혹시 여자애들 중에 제3의 아이가 있는 건가?'

이 중에 셋이라고 담임이 말했을 때만 해도 일이 쉽게 풀릴 줄 알았다. 두 명은 확실했고 나머지 한 명이야 둘과 친한 녀석들 중에 있을 테니 세 명이 알아서 자수만 하면 끝날 일이었다. 그런데 나머지 한 명의 후보가 이렇게 많을 줄은 미처 몰랐다. 게다가 자신이 제3의 아이로 몰릴 줄은 더더욱 몰랐고.

아이들이 취재 이야기로 술렁거릴 때 재빈은 6반 정한결을 찾아갔다.

'6반 외 출입 금지. 만남은 복도에서!'

얼마 전 도난 사건이 있었던 6반은 특히나 다른 반 아이의 출입을 까다롭게 통제했다. 뒷문 쪽에 앉은 아이에게 부탁해서 정한결을 불러냈다. 정한결은 재빈이 찾아올 줄 알았다는 듯이 나오자마자 복도 구석으로 갔다. 재빈은 단도직입적으로 얼마 전 롯데월드에서 사진 촬영을 했는지부터 물었다.

"파파라치 때문에 찾아왔지?"

정한결, 너였어? 말로 다 못 할 만큼 놀란 재빈의 표정을 본 정한결이 아니라고 고개를 저었다.

"나 아니야. 맹세!"

맹세하듯이 손바닥도 들어 올렸다. 그런데 뭘 은밀하게 말할 것처럼 구석 자리를 찾은 거람.

"안 그래도 얘기 좀 하려고 했어. 닉네임 파파라치가 나인 건 맞아. 그리고 음악 선생님 사진 올린 것도 나야. 그런데 박용기 사건의 진실, 떠들어 댄 건 나 아니야. 난 박용기가 사고 난 것도 몰랐단 말이야!"

재빈이 어떤 반응도 없이 빤히 쳐다보자 답답한 듯 정한결이 머리를 북북 긁었다.

진심일까, 아니면 '페이크'일까? 요 며칠 아이들의 숨겨진 얼굴을 많이 봤다. 이렇게 먼저 얘기하는 걸 보면 믿어야 하나?

"와글와글에 글 올라온 거 보고 헉 소리 나게 놀랐어. 그래서 학생부 선생님 찾아가서 내가 안 올렸다고 말했어. 선생님은 안 믿어 주셨지만. 아무튼 정 의심되면 가서 물어봐."

정한결도 몹시 절박한 표정이었다. 이 정도면 믿어도 되지 않을까? 살짝 마음이 움직였다.

"홈페이지 들어가려면 아이디, 비밀번호 다 알아야 하는데 그건 어떻게 된 거야?"

"그래서 내가 더 팔짝 뛰겠어. 내 아이디랑 비밀번호를 도용당한 거야."

돈이 들어 있는 은행도 아니고, 겨우 학교 홈페이지 아이디랑 비밀번호를 누가 도용한단 말인가? 상식적으로 말이 되지 않았다. 움직였던 마음이 다시 차갑게 돌아섰다.

두꺼운 안경테와 덥수룩한 머리 때문에 스마트한 인상은 아닌데 정한결은 의외로 눈치가 빨랐다.

"실은 마음에 걸리는 일이 하나 있어. 아이들에겐 알려지지 않았지만 음악 선생님도 내가 사진 올린 거 알고 계셔. 학생부 선생님이 개인 신상에 관한 건 큰 범죄라고 음악 선생님께 반성문 쓰라고 해서 지난주에 제출했거든. 그때 사건 경위 쓰면서 아이디, 비밀번호 모두 반성문에 적었어. 그 종이가 음악 선생님 책상 위에 있었거든. 그리고 반성문을 제출한 날이 마침 지난주 화요일이야. 그날 너희 반 여자아이 둘이 교무실 복도 청소했어. 혹시 걔들이 그 시간 교무실에 누가 들어갔는지 알지 않을까?"

제발 믿어 달라며 간절하게 바라보는 정한결의 눈빛이 뜨거웠다. 이런 구질구질한 스토리를 지어내면서까지 거짓말을 하지는 않겠지? 일단 정한결의 말을 믿어 보기로 했다.

"그럼 누군가 반성문을 보고 네 아이디와 비밀번호로 접속해서 글을 올렸단 말이야?"

의심을 덜어 내서 홀가분해진 정한결이 현재로선 그게 가장 유력하다고 말했다.

교실로 돌아오는데 한숨이 흘러나왔다.

'그렇게까지 애를 써서 나를 함정에 빠뜨린 아이는 누굴까?'

'누구'보다 누구의 그 '마음'이 무서웠다.

보미

"아저씨, 방송국에서 또 취재 나왔어요?"

등굣길에 보미가 혹시 몰라 물었는데 수위 아저씨가 더 놀랐다. 아저씨는 아무것도 모른다에 백만 원이라도 걸 수 있었다.

"그게 무슨 소리야? 며칠 잠잠하기에 마음 놓고 있었더니. 어디서 또 취재했대? 암튼 너 입단속해야 한다."

나이가 들면 누구나 인생을 살아가는 데 필요한 든든한 무기쯤은 하나 갖게 될 거라 생각했는데 그렇지도 않은 모양이었다. 수위 아저씨는 어른이면서도 보미에게 의지하려고 했다.

박용기 사건인데 학교를 취재하지 않았다? 그럼 박용기 사건이 아닌 걸까? 그럼 왜 정혜연을 인터뷰했을까? 정혜연한테 물어봐야 하나 싶었지만 아침부터 문제집에 머리를 파묻고 있는 아이에게 말을 걸 수 없었다.

교실은 온통 방송국 취재 이야기로 소란스러웠다. 게다가 여자아이들은 단체 카톡방 사건으로 따로 모여 조수진에게 싸늘한 눈빛을 발사하고 있었다. 보미는 조수진을 향해 주먹을 들어 보였다. 파이팅이라는 응원이었다.

3교시 쉬는 시간에 서나래가 파리한 얼굴로 다가왔다.

"보미야, 잠깐 얘기 좀 할래?"

아침에 수위 아저씨와 우격다짐 약속을 하고 난 후라 기운이 쭉 빠진 상태였다. 게다가 김재빈이 눈을 찡긋하며 보미를 불렀다. 서나래에게 양해를 구하고 1층 외부 수돗가로 나갔다. 가 보니 허치승도 김재빈 옆에 서 있었다. 4교시 역사 선생님은 늘 수업에 삼 분에서 오 분씩 늦기에 수업 종이 울리고 나서 교실로 출발해도 되었다. 김재빈은 영리하게 그 시간적 이점을 이용해 모임을 가진 거였다.

"짧게 정리할게. 파파라치는 6반 정한결이었어."

허치승이 뭐야 그 새끼, 하는데 김재빈이 말을 끊었다.

"아니야. 파파라치는 맞는데 박용기 사건을 올리진 않았대. 자기도 게시판에 글 올라온 거 보고 박용기가 사고 난 걸 알았대. 정한결도 어떻게 된 일인지 모르겠지만 의심이 갈 만한 상황은 하나 있대."

지난주 화요일에 음악 선생님 책상 위에 반성문을 제출했는데 거기에 아이디와 비밀번호, 닉네임까지 다 적혀 있었고 누군가 그걸 보지 않았을까 의심된다는 말을 전했다. 그 말을 듣는데 보미는 어쩐지 익숙한 상황이라는 느낌이 들었다. 왜지 싶었는데…….

"아 참, 그날 교무실 복도 청소 담당이 우리 반 여자애였대. 혹시 누군지 아니?"

아찔했다. 서나래와 둘이 청소 당번이었다는 말을 차마 할 수 없었다. 그날 서나래가 급히 가 버린 것도 이 일과 관련이 있겠구나 짐작됐다. 허치승도 분명히 알고 있을 텐데 아무 말도 하지 않았다. 대답을 기다리는 김재빈의 마음과 달리 4교시 시작종이 울렸다.

4교시는 역사 시간이었다.

"일제에 비행기를 갖다 바치고, 어린 소년들에게 전쟁에 나가라는 글을 쓰고…… 어떤 식으로든 일제에 협력한 사람들을 친일파라 부른다. 친일파? 내 개인적인 생각으로는 단어를 너무 고급스럽게 붙였다고 봐. 겨우 일본과 친하다는 정도로 불러야 할까? 같은 민족을 잔인하게 탄압하는 일본에 적극 동조하고 앞장서서 도왔는데 겨우 친일파?"

일제 강점기를 설명하던 선생님이 말을 잠깐 끊었다. 개화기부터 일제 강점기는 짧은 기간에 일어난 사건이 많아 외워야 할 것이 엄청 많았다. 꼭 외우라고 나눠 준 프린트도 열 장이나 됐다. 무슨 조약으로 어떤 권리를 빼앗기고, 또 다른 조약을 맺고…… 국권을 야금야금 빼앗길 때마다 암기할 내용도 늘어났다. 앞 반의 어떤 아이가 차라리 한꺼번에 빼앗겼으면 좋았겠다는 농담을 했다가 혼쭐이 났다는 소문이 돌 만큼 암기 폭탄 부분이었다.

'외교권을 잃은 조약이 뭐였더라?'

성적으로 스트레스를 주는 사람도 없는데 보미는 시험의 압박에서 벗어날 수 없었다. 뭔가 떠오를 듯이 맴맴 돌았지만 결국 조약 이름은 떠오르지 않았다. 무슨 외국 도시 이름 같았는데…… 어휴, 포기!

하지만 암기에 대한 부담과는 다르게 일제 강점기를 배우는 수업은 흥미진진했다. 지금처럼 인터넷만 있었어도 망언과 지탄받을 행동들이 알려져 사회적으로 '매장'될 만한 역사적 인물도 정말 많았다. 보미도 그런 사람들 얘기를 들을 때마다 화가 치밀어 올랐다. 선생님이 말을 끊고 잠시 숨을 고르는 것도 화를 누르기 위해서겠지?

"왜 친일 행동을 했을까? 우리가 그 시대에 살았다면 어땠을까? 솔직히 선생님도 적극적으로 독립운동을 했을 거라 장담은 못 하겠어. 보기보다 겁이 많거든. 어머, 얘들 좀 봐. 왜 못 믿는 눈치지? 선생님 굉장히 연약한 여자야. 아무튼 그렇게 믿고 다음 얘기를 잘 들어 봐. 광복이 되고도 시간이 한참 흐른 뒤에 친일 행위를 했던 어느 노시인이 이런 고백을 했어. 일본이 망할 줄 몰랐다고, 적어도 백 년은 갈 줄 알았다고. 그 변명을 듣고 많은 사람이 그럴 법도 하다며 고개를 끄덕이기도 했어. 흠, 노시인의 어리석은 역사 판단을 지적하고 싶진 않아. 하지만 문득 그 말이 과연 통할 수 있는, 고개를 끄덕일 만한 변명일까 하는 생각이 들었어. 일본이 망하지 않는다면 계속 협조해도 된다는 말인가? 너희도 그렇게 생각하니? 다르게 생각해 보자. 승자의 편에 서는 건 언제나 옳은 걸까? 나는 아직도 이런 승리 지상주의가 우리 사회를 망가뜨리고 있다고 생각해. 왕따도 그렇잖아. 다수 편에 서면 안전하니까, 한 명쯤

희생되어도 어쩔 수 없다는 묵인하에 자행되는 승리 지상주의의 또 다른 행동이라고 봐."

선생님 말을 듣던 아이들 몇이 티 나게 고개를 푹 숙였다. 보미도 가슴이 따끔따끔했다.

"왜 이래? 너희들이 그런다는 게 아니라 일반적인 현상을 말한 거야."

무척 어두워진 아이들 표정에 당황한 선생님이 설명을 계속 덧붙였지만 분위기를 바꾸진 못했다. 지금 2학년 4반에서 벌어지는 '우리'들의 얘기였으니까.

"뭐야? 내가 잘못 말한 게 있나? 분위기가 너무 가라앉았네. 어쨌든 나는 믿어. 역사는 옳은 방향으로 흘러가는 거라고. 지금 우리가 사는 오늘 하루도 훗날에 역사가 되잖아. 어느 쪽이 옳은 방향인지 생각하면서 살았으면 좋겠어. 알았지?"

당부하는 말에도 대답 소리가 작았고 그래서 끝나는 종소리가 더 크게 들렸다. 볼펜으로 콕콕 찌르는 것처럼 가슴이 뜨끔거렸던 시간이 겨우 끝났다.

역사는 옳은 방향으로 흐른다! 보미는 계속 서나래를 훔쳐봤다. 톡 하고 건드리면 터질 것처럼 위험한 표정이었다. 심증으로는 서나래가 파파라치 아이디를 훔쳤을 확률 100퍼센트였지만 물증과 자백이 없으니 80퍼센트 정도로 결론을 내렸다. 남은 20퍼센트에

희망을 걸어 보기로 했다.

점심시간 종이 울리자 이번엔 보미가 서나래를 찾았다. 그리고 서나래를 데리고 급식실이 아닌 본관 뒤편 재활용 쓰레기 보관 창고 앞으로 갔다. 허치승이 아무 말 없이 마트에서 파는 원 플러스 원 상품처럼 보미 뒤를 졸졸 따라왔다. 창고 앞에 이르니 씻지도 않고 내다 버린 페트병에서 썩는 냄새가 풍겼다.

서나래는 보미와 눈도 안 마주친 채 고개를 숙이고 있었다.

"왜 그랬냐? 김재빈 엿 먹이고 싶었냐?"

뭐라 말을 꺼내야 하나 망설이는데 허치승이 선수를 쳤다. 그러자 서나래가 와락 울음을 터뜨렸다. 이래서야 무슨 얘기를 들을 수 있다고……. 보미가 허치승을 째려봤다.

서나래는 비호감 투표에서도 김재빈을 뽑았다고 했다. 무슨 이유가 있을 터였다.

"김재빈이 제3의 아이라는 이유가 있니?"

보미가 서나래 등을 쓰다듬으며 다정하게 말을 건넸다. 서나래가 울던 얼굴을 들었다.

"일이 이렇게 커질 줄 몰랐어. 그냥 김재빈 좀 혼나 봐라, 그런 거였어."

그랬겠지. 누구나 자신이 하는 일의 파장을 예측 못 하니까 실수하는 거다. 바로 옆의 허치승처럼. 김재빈을 왜 혼내고 싶었냐 물으니 서나래는 쉽게 입을 열었다.

“UCC 영상 때문에.”

김재빈의 UCC 영상? 보미는 전학 오기 전이라 보지 못했다. 거기에 무슨 장면이 담겨 있기에 그랬을까 싶었는데 영상을 본 허치승도 기억 못 하는 눈치였다.

허치승의 뜨악한 표정을 봤는지 서나래가 친절하게 설명했다.

“김재빈은 정말 막 찍어 댔어. 교실에서, 복도에서, 운동장에서. 거의 다 우리 반 애들 모습이었어. 준비하고 있다 찍힌 게 아니니 우스운 모습도 많이 찍혔어. 물론 그중에 최악은 나였고.”

서나래가 어떻게 찍혔기에? 허치승을 봤지만 여전히 모르는 모양이었다.

“도대체 뭐?”

답답한 허치승이 묻자 서나래는 기가 막힌다는 듯 대답했다.

“기억 안 나? 내가 하품하던 모습. 얼마나 입을 크게 벌렸는지 목젖이 보일 정도였잖아!”

수업 시간에 동영상을 보여 줄 때 애들이 완전 뒤집어졌다고, 그리고 그 뒤 ‘하품녀’라는 별명까지 얻었다고 항변했다.

서나래는 분노했지만 허치승은 겨우 그걸로 하는 표정이었다. 서나래가 외모에 엄청난 관심이 있긴 하지만 놀림 몇 번 받은 걸로 전교생이 다 보는 게시판에 김재빈이 왕따 사건의 주범이라고 모함하다니, 그건 너무했다.

보미와 허치승의 표정을 봤는지 살짝 기가 죽은 서나래가 다른 이유도 댔다.

"수업 시간에 영상 보고 기가 막혀서 지워 달라고 했어. 그랬더니 김재빈이 뭐랬는지 알아? 음악까지 딱 맞춘 영상이라서 그거 지우면 다시 작업해야 한다고, 누가 너를 그렇게 지켜본다고 유난스럽게 구느냐는 거야."

누가 나를 지켜봐서가 아니라 그냥 예쁘게 보이고 싶은 나이였다. 게다가 남의 시선을 받는 모델이 꿈인 아이 아닌가. 다른 아이들은 몰라도 서나래는 김재빈을 미워할 이유가 있었다. 그래도 나래야, 이건 좀 심했다…….

그것으로도 설득이 잘 안 된다 싶었는지 서나래는 한마디 또 덧붙였다.

"그리고 영상에 오재열이 박용기 헤드록 거는 것도 찍혔어. 그게 뭐냐? 자기 멋대로 찍어서 내보내면 끝이야? 그걸 보고 애들이 박용기는 국가 대표 지질이라고 놀렸잖아."

그럼 너는 박용기 대신 복수하려고 글을 올린 거니? 그건 아니잖아. 너의 분노를 참을 수 없어 그랬던 거잖아. 하찮은 행동 하나가 남에게 치명적일 수 있다는 걸 왜 모를까? 너도 그리고 나도!

가뜩이나 마른 서나래는 요 며칠 사이 볼이 폭 꺼졌다. 얼마나 맘고생을 했을지 짐작이 갔다. 보미가 아무 말 안 해도 서나래는 김재빈에게 어떤 식으로든 사실을 털어놓으리라.

둘이 알아서 해결하라며 허치승이 가 버리자 보미는 서나래에게 팔짱을 꼈다. 그게 보미의 화해 방식이었다. 서나래는 왜 이래 짜증 나게, 하면서도 팔을 풀지는 않았다.

"왜긴? 같이 밥 먹자고."

보미의 대답에 서나래가 치, 소리를 내며 토라진 표정을 지었다.

"몰라. 요 며칠 나 따돌리고 이상한 애들이랑 어울리더니 사람 곤란하게 만들고……."

박용기 사건을 조사하는 걸 몇몇 아이한테 들켰는데 서나래도 눈치를 챈 듯했다. 게다가 그 조사 때문에 와글와글 게시판 글도 딱 걸렸으니 보미에게 서운한 것도 당연했다.

점심시간 시작하고 겨우 십오 분이 지났을 뿐인데 허기가 몰려왔다. 한 입이라도 더 먹기 위해 급식실까지 뛰었다.

"스파게티 면발 통통한 거 봐라. 우리 급식 여사님, 좀 제대로 삶을 순 없나?"

불평 가득한 급식을 받아 들고 자리를 찾는 서나래에게 조수진 테이블로 가자고 했다.

"장아람 그룹 애들이 뭐라 할 거야."

서나래가 주저했다. 여자아이들 중 특히 발언이 센 애가 장아람이었다.

"세 명도 그룹이야. 거기다 조수진이 한 덩치 하니까 꽤 큰 그룹이나 다름없고."

보미와 서나래가 조수진 앞에 앉자마자 장아람과 같이 밥 먹던 아이들의 시선이 일제히 꽂혔다. 아, 얼굴 뜨거워. 따가운 시선을 짐짓 모른 척하며 밥을 먹었다.

"윤보미! 너 땜에 왕따당하면 책임져."

서나래가 투덜거리자 조수진이 미안한 표정을 지었다.

"역사 선생님이 말했지. 다수가 모였다고 옳은 건 아니라고. 승리했다고 다 옳은 것도 아니라고."

서나래와 조수진. 결과가 좋지 않았고, 방법도 옳지 않았지만 두 아이는 제 나름대로 박용기를 위해 할 일을 했다. 전화마저 외면한 보미보다 훨씬 훌륭했다.

"수진아, 얘 뭐래니?"

서나래가 스파게티 면발을 포크로 돌돌 감아 입에 넣었다. 오랜만에 서나래 볼이 볼록했다.

치승

말을 하는 서나래의 얼굴이 파르르 떨렸다. 허치승도 김재빈의 UCC 영상을 봤다. 그렇지만 목젖이 보일 정도로 하품을 했다는 서나래 얼굴은 기억나지 않았다.

수업이 끝나면 언제나 손거울을 꺼내 보는 여자아이. 서나래는 거울을 보며 입술에 뭔가를 바르고 머리를 빗었다. 외모에 무지 관심이 많구나 생각했지만 그뿐이었다. 수업 시간에 발표할 때 말고는 눈에 띄지 않는, 조용히 숨어 있는 아이랄까. 누가 너를 지켜본다고 유난스럽게 구느냐는 김재빈의 말은 딱 맞는 말이었다. 그게 그렇게 자존심을 긁었을까?

하품녀란 별명이 뭐 어때서 싶었는데 문득 오래전 기억이 하나 떠올랐다. 체육 시간이 끝난 후였던 것 같다. 여자 탈의실에서 교복으로 갈아입고 온 서나래가 교실 뒷벽에 걸린 거울 앞에 가서 앞머리를 앞으로 내렸다, 옆으로 넘겼다 했다. 땀에 젖어 흐트러진 앞머리가 맘에 안 드는 모양이었다. 2교시만 더 하면 집에 가는데 뭘 저렇게 유별나게 구나 싶었다. 그 모습을 보던 오재열이 주머니에 손을 넣고 건들건들 서나래에게 다가갔다. 그러더니 주머니에서 휴대폰을 꺼냈다. 뭐야, 저 자식 아침에 제출 안 했어? 평화중은 조회 시간 전에 투명 플라스틱 통에 휴대폰을 제출했다. 담임은 조회가 끝나고 휴대폰 수거함을 가져가 교무실 사물함에 넣고 잠갔다가 종례 때 꺼내 나눠 줬다. 물론 이 모든 과정은 자발적이었다. 왜냐하면 여기는 평화중이었으니까. 수업 시간에 휴대폰 소지가 적발될 시 한 달 동안 교무실 사물함에 보관하는 엄한 규칙이 있었기에 '자발적인' 휴대폰 제출은 잘 이뤄졌다.

오재열이 서나래 옆으로 가더니 은밀히 말했다.

"서나래, 내 휴대폰에 뭐 들어 있는지 알아? 지난번 UCC 영상 알지? 여기에 그거 '캡처' 있다. 천 원만 주면 지워 줄게. 어때, 싸지?"

그러면서 입이 찢어질 정도로 크게 벌려 우스꽝스러운 표정을 짓고는 손가락으로 가리켰다. 이런 모습이라는 뜻이겠지? 그 모습이 웃겨 옆에 있던 치승도 킬킬거렸다. 좀 짓궂긴 했지만 그냥 장난이었다. 그런데 거울에서 얼굴을 돌린 서나래가 눈물이 그렁그렁한 눈으로 오재열을 노려봤다. 그러더니 순식간에 휴대폰을 뺏어 바닥으로 내동댕이쳤다.

"너 미쳤어?"

오재열이 서나래를 때릴 듯 주먹을 들어 올렸다. 오재열의 큰 목소리와 행동 때문에 교실의 모든 시선이 두 사람에게 쏟아졌다. 그 때였다.

"무슨 짓이야? 오재열, 왜 휴대폰 제출 안 했어? 그리고 서나래는 왜 남의 휴대폰을 집어 던졌어?"

학급 회장인 김재빈이 나타나 둘 사이에 섰다. 김재빈이 오자 오재열은 주먹을 내렸다. 얼핏 보면 위험한 상황에서 짠 하고 나타난 김재빈이 서나래를 구한 것 같지만 그건 아니었다. 여자아이를 때려 봤자 좋은 소리 못 들을 걸 알기 때문에 오재열이 포기한 거였다. 오재열은 서나래를 무시하고 돌아서더니 바닥에 떨어진 휴대폰을 주워 들었다. 다행히 케이스 덕분에 휴대폰은 무사했다.

"오재열, 휴대폰 배터리 뺀 다음 가방에 집어넣어."

수업 시간에 걸릴 일 없게 하라는 뜻이었다. 오재열이 오케이 표시를 하자 김재빈도 자기 자리로 돌아가고 상황은 끝났다. 그런데 서나래는 아직도 거울 앞이었다. 거기 계속 서서 김재빈을 노려봤다. 오재열이 아닌 김재빈을.

'김재빈이 자기편이라도 들 줄 알았나? 왜 째려봐.'

치승 생각에 김재빈은 오재열, 서나래를 똑같이 나무랐다. 누구 한 명의 편을 들어 준 것이 아니었는데도 서나래는 자신을 때리려 했던 오재열이 아니라 김재빈을 향해 원망의 마음을 드러냈다. 그때 서나래는 모든 일의 원인이 UCC에 있다고 믿은 거였다. 김재빈을 향한 미움은 꽤 길고 깊었다.

그날 집에 가는 길에 치승은 오재열에게 정말 영상 캡처가 있는지 물었다.

"화장실에서 볼일 보면서 게임하려고 휴대폰 가져갔다가 오니까 수거함이 없었어. 그래서 못 낸 거지 다른 날에는 전부 제출했었어. 캡처는 당연히 없지."

아무것도 없으면서 그런 장난을 했다고? 제법이라고 해야 할까, 어쩐지 무섭다고 해야 할까. 두 가지 감정이 동시에 확 밀려왔다. 아니, 무서운 감정이 조금 더 컸다. 추운 것 같다는 생각에 목덜미를 만졌으니까.

김재빈이 만든 영상에는 정말 많은 얼굴이 나왔다. 주연과 조연을 가릴 수 없을 만큼 짧은 시간에 많은 아이가 등장했다. 그렇지만 치승에게 주연은 딱 한 명이었다. '리얼 중딩 라이프'라는 비극의 주인공은 박용기였다. 오재열에게 헤드록이 걸려 있을 때 박용기 얼굴은 괴로움에 찡그린 채였다. 입이 벌어져 있었지만 분명히 찡그린 얼굴이었다. 경쾌한 음악을 배경으로 깔았지만 장난이 아니었다. 오재열이 그럴 때마다 옆에서 같이 웃었고 박용기도 장난쯤으로 여길 거라 믿었는데 다른 눈으로 보니 폭력이었다. 이제 그만해야지, 하고 처음으로 결심한 순간이었다.

"야, 살살 좀 하자!"

그 후 오재열이 헤드록을 걸 때 치승이 말했다.

"왜 이래, 이제 슬슬 재밌어지는데. 겁나냐?"

오재열이 슬쩍 시비를 걸었다. 한주먹거리도 안 되는 오재열이지만 치승은 약해 보이는 게 싫어서 바로 넘어갔다.

"누가 겁이 난대? 대충 하고 음료수 사 오라고 해."

그렇게 매번 넘어갔다. 김재빈이 찍은 영상은 '리얼 중딩 라이프'가 맞았다. 오재열에게 헤드록이 걸렸던 박용기를 국가 대표 지질이로 만든 것도 맞았다. 국가 대표 지질이란 말은 장아람이 했던가?

재활용 쓰레기 보관 창고를 돌아 나오는데 김재빈이 서 있었다. 우리 대화를 들었으려나? 듣기엔 먼 거리였다 싶은데 김재빈 얼굴이 딱딱했다. 만지면 부서질 것처럼 어색하게 굳어 있었다.

들었구나…….

재빈

"너 아닌 거 밝혀졌으니까 그냥 넘겨. 네 말대로 똥 밟았다 생각해."

허치승이 밥 먹으러 가자며 급식실로 끌었지만 재빈은 뿌리치고 교실로 들어왔다. 파파라치의 존재를 전혀 몰랐을 때 재빈은 혹시 이영찬이 게시판 글을 올리지 않았을까 생각했다. 제3의 아이로 제일 유력한 이영찬이 자신에게 덤터기를 씌우지 않았나 했다. 그랬기에 서나래의 등장은 반전을 넘어 충격이었다.

아까 교무실 복도 청소 얘기를 할 때 두 아이의 표정이 어색하기에 뭔가 알고 있구나 짐작했다. 점심시간인데 급식실로 안 가고 어디론가 가기에 몰래 따라갔는데 거기 서나래가 있었다.

서나래? 쟤가 왜 저기 있지 했는데 UCC 영상 때문이었다. 대화 내용은 잘 들리지 않았지만 UCC란 단어는 똑똑히 귀에 들어왔다. 도덕 수행 평가 과제였던 UCC 영상 제작은 대부분의 아이들이 엉망으로 했다. 만점이 10점인데 제출만 해도 5점은 준다 하셨고, 촬영과 편집에 워낙 많은 시간을 뺏기는 일이라서 대충 만들어 제출만 하고 차라리 지필 고사에서 한 문제 더 맞히는 게 낫다는 판단 때문이었다. 누가 봐도 그런 계산이 나왔지만 재빈은 공부 아닌 다른 일에 몰두할 수 있어 영상을 찍는 내내 즐거웠다. 그래서 일 분 전후인 다른 아이들 작품에 비해 월등히 긴 육 분짜리 영상을 만들 수 있었다.

"너희 촬영하라고 교장 선생님께 일주일간 휴대폰 소지도 허락 받았잖아. 그런데 너희…… 아휴, 내가 뭘 바라니? 발 연기만 있는 게 아니라 발 촬영도 있다는 걸 너희 UCC 보고 알았어. 전부 다 그냥 5점만 맞겠다는 생각으로 만들었더라. 지필 고사로 승부하겠다 이거야? 그래도 너희 반에서 볼 만한 작품이 세 편 나왔어. 특히 김재빈은 내용도, 분량도 아주 좋더라."

도덕 선생님은 칭찬하셨고 아이들 반응도 좋았다. 아이들은 영상을 보면서 와와 환호성을 지르기도 했고, 우우 야유를 보내기도 했다. 수돗가에서 물을 튀기며 장난을 치는, 청소한다면서 걸레를 밀고 복도를 질주하는, 까치발을 들고 다른 반을 엿보는, 볼이 터질 듯이 급식을 털어 넣는…… 중학생들의 학교생활을 가감 없이 보여 주겠다는 목적은 어느 정도 달성했다. 영상 배경 음악도 비틀스의 「오브라디 오브라다」로 했다. 나이지리아 부족 언어로 '인생은 그렇게 흘러가는 거야.'란 뜻이라 했고, 뜻도 멜로디도 촬영 내용과 잘 어울렸다. '중딩' 생활은 그렇게 흘러가는 거니까.

UCC 영상이 끝나자 박수가 나왔다.

"영상이랑 음악이 어쩌면 이렇게 잘 맞지? 이 작품을 포함해서 몇 작품을 대회에 내보낼까 생각 중이야."

칭찬을 들을 거란 예상은 했지만 대회에 나가게 될 줄은 몰랐다. 공부하는 사이보그 정혜연을 처음으로 이겼다는 생각에 어깨가 으쓱 올라갔다.

그런데 도덕 시간이 끝난 후 서나래가 찾아왔다.

"어떻게 나만 저렇게 찍혔는지 모르겠다. 아까 나 나왔던 부분 삭제 좀 해 주면 안 돼?"

말은 침착하게 했지만 볼살이 떨릴 정도로 흥분한 상태였다. 영상에는 서나래가 하품하는 모습이 담겨 있었다. 가뜩이나 지루한 학교생활을 촬영했기에 뭔가 웃음 포인트가 필요했다. 그래서 입이 찢어져라 하품하는 서나래와, 다래끼 난 눈을 하고도 급식을 '폭풍 흡입'하는 이영찬을 크게 클로즈업했다. 좀 더 극적으로 보이려고 살짝 손도 보았다. 아이들도 그 두 장면에서 책상을 두드리며 웃었다. 그러니 그걸 지울 수는 없었다.

"미안. 영상 길이에 음악을 딱 맞춰 놓은 상태라 지울 수는 없어."

그 말은 사실이었다. 그리고 UCC 제작에 이미 많은 시간을 뺏겼기에 이제부터는 중간고사 준비를 해야 했다. 혹시 대회에 나가 수상이라도 하면 특목고 입학에 도움이 될 테니 양보할 수도 없었다. 그런데도 서나래가 몇 번이나 찾아와 영상을 지워 달라고 부탁했다. 그때마다 재빈은 서나래를 보며 뭔가 단단히 착각을 하는구나 싶었다. 제까짓 게 뭐 중요한 인물이라고, 누가 자기를 눈여겨본다고……. 착각을 깨 줘야겠다고 마음먹었다. 그래서 너 정말 별 볼일 없는 아이거든, 하고 냉정하게 아니 못되게 말을 건넨 적이 있다. 서나래가 아니라 누구라도 자신의 목표를 방해하는 건 싫었다.

서나래에게 미움의 씨앗을 뿌린 건 재빈 자신이었다. 하지만 어떻게 그렇게 긴 시간, 지독하게 미워할 수 있을까?

그러다 문득 서나래의 모습이 낯설지 않다는 느낌이 들었다. 누굴 미워하고 원망하고 욕하고…… 바로 자신이었다. 이불을 뒤집어쓰고 쌍욕을 해 대는, 무작위로 아무에게나 욕설을 퍼부어 대는 것이 서나래의 모습과 다르지 않았다. 내가 아닌 다른 사람의 입장을 생각해 본 적이 없었다. 오직 내가 피해 보고, 내가 손해 보는 것만 생각해 왔다. 부끄러움이 올라오며 얼굴이 화끈해졌다. 괜찮아, 아무도 몰라. 차가운 손으로 얼굴을 만지며 열기를 식혔다. 그런데 안 들키면 괜찮은 거니? 대답할 수 없었다.

언제 편의점에 갔다 왔는지 허치승이 삼각 김밥 하나를 내밀었다.

"먹어."

살갑게 말하진 않았어도 그 마음은 와 닿았다. 고맙긴 했지만 도무지 먹을 마음이 안 생겨서 가방에 넣었다.

급식을 먹고 교실로 돌아온 아이들은 더 티 나게 술렁였다.

"야, 누가 자수했니? 안 했으면 빨리 해라. 괜히 사람 불안하게 하지 말고."

송지만이 주책없게 말을 띄웠다.

"그럼 네가 하든가?"

장아람이 날카롭게 받아치자 더 말을 하려던 송지만이 주춤했다.

"그러지 말고 원래의 세 명이 하면 안 되나?"

이영찬이 쭈뼛거리며 작게 말했지만 아이들의 눈은 허치승, 오재열 쪽을 흘끔거렸다. 그리고 재빈 쪽도.

"원래의 세 명이 어딨어? 너는 아닌 것 같아? 체크 카드 얘기 좀 해 볼까?"

열받은 오재열이 카드 얘기를 꺼내자 이영찬이 입을 다물었다. 거기서 그만하면 좋을 텐데, 눈치 없는 송지만이 결국 한마디를 덧붙였다.

"나도 그냥 셋이 했으면 좋겠다. 김재빈도 학급 회장이니까 대표로 하면 안 되냐? 그 대신 미안하니까 우리가 돈 좀 걷어 주고. 어때?"

'어때'에 허치승이 송지만의 멱살을 잡았다.

"자수할까 하다가도 너 같은 새끼 때문에 하기 싫어. 그냥 우리 다 같이 상담 좀 받아 보자. 그러면 거기서 나오겠지, 누가 범인인지."

말을 마친 허치승이 송지만을 집어 던지듯 멱살을 풀며 교실 밖으로 나갔다. 허치승도 열받을 대로 받았구나 싶었다. 재빈도 너무들 한다고 느꼈으니까.

송지만이 저 새끼 왜 저래, 하고 말했지만 이미 모양 빠진 뒤였다. 그러자 장아람이 기회를 놓치지 않고 비아냥거렸다.

"꼼짝도 못하면서 괜히 덤벼 가지고……."

"너는 괜찮을 거 같아? 카톡 주범은 너 아니야? 그것도 만만치 않을걸. 증거 자료 확실하니까."

여자아이들 카톡 비호감 투표 사실을 송지만도 아는 눈치였다. 송지만 말이 끝나기 무섭게 장아람이 입술을 잘근잘근 씹으며 씩씩댔다. 송지만과 장아람만 신경이 날카로운 게 아니었다. 둘을 지켜보는 눈길도 매섭긴 마찬가지였다.

사건은 6교시 체육 시간에 일어났다. 기말고사가 코앞이라 체육 선생님은 자율적으로 운동을 하라며 체육실로 들어가셨다. 눈치껏 암기 과목을 공부해도 된다는 뜻이었다. 정당하게 체육 시간을 누리겠다는 아이들은 축구공을 하나 꺼내서 운동장을 달리기 시작했다. 주로 남자아이들이었다. 반면에 여자아이들은 철봉대 주변 벤치에 앉아 역사 혹은 기술·가정 프린트를 중얼중얼 외웠다.

정혜연은 주위의 모든 풍경을 지운 채 미간에 주름을 세우며 역사 프린트를 외웠다. 지구의 멸망이 내일로 다가와도 이 한 장의 프린트를 외우겠다는 기세였다. 프린트 분량이 꽤 되는데 많이 외웠나? 재빈이 다가가 슬쩍 보니 프린트의 마지막 장이었다. 그것도 프린트를 반쯤 덮은 채 외우고 있었다. 이미 다 외운 걸 복기하는 거였다. 역시 상대가 안 되는구나 싶어 주눅이 들었다. 그러면서도 한편으로는 저러니 사이보그라 놀림받지 하는 안타까운 마음도 들었다.

종로에서 뺨 맞고 한강에서 화풀이한다 했던가? 장아람이 송지만에게 당한 걸 애먼 정혜연에게 풀었다.

"혜연이는 공부가 잘되나 보네. 항일 독립운동 부분도 다 외웠니? 친일파 부분 있어서 외우기 쉽지 않았을 텐데……."

벤치에 앉아 있던 정혜연이 고개를 들어 무슨 뜻이야, 하고 물었다.

"그냥! 남의 일 같지 않아 찜찜했을 텐데 싶어서……."

누가 들어도 말에서 가시가 느껴졌다. 사태가 심상치 않음을 느낀 정혜연이 프린트를 놓고 일어나서 장아람 앞에 섰다.

"내가 왜 찜찜할 거라 생각하는지 알아듣게 말해 봐."

아이들이 두 사람 근처에 죽 늘어섰지만 누구도 그만해, 하며 말리지 않았다. 재빈도 정혜연이 인터뷰에서 무슨 말을 했을까 궁금하긴 했다. 속물 같다는 걸 알면서도 어쩔 수 없었다.

"너 어제 박용기 사건 인터뷰했다며?"

정혜연이 어깨를 으쓱했다. 저 제스처는 황당하다는 뜻인가?

"모르신다? 너 인터뷰하는 걸 본 애들도 많거든. 그러니까 모른다고 하진 말고. 그래, 누구든 빨리 자수하길 바랐겠지. 상담받는 것도 싫었을 테고. 그건 이해해. 그래서 기자 앞에서 친구 이름을 팔아먹었니? 내 이름도 불었어?"

얼굴에 열이 나서 손부채질을 하든지 아니면 너 돌았느냐며 손가락을 관자놀이 옆에서 돌리는 제스처가 나올 줄 알았는데 정혜연은 가만있었다. 그 대신 눈에 조용히 눈물이 차올랐다.

"어제 방송국에서 일하는 사촌 언니 부탁으로 인터뷰했어. 하지만 박용기 사건은 아니었어. 성폭행범 신상 고지에 대해 시민들의 의견을 듣는 거였어. 나는 우리 동네에 사는 성폭행범 신상을 알고 있고 그 제도도 찬성한다고 인터뷰했어. 이래도 내가 친일파랑 같니?"

정혜연이 주룩 눈물을 흘렸다. 찌르면 얼음물이 나올 거라던 정혜연이 울고 있었다. 완전히 헛다리 짚은 장아람은 얼굴이 벌게져서 어쩔 줄 몰라 했다.

"야, 체육 선생님 오셔. 빨리 정리해."

망을 보던 아이가 황급히 외쳤다. 조수진이 정혜연을 와락 안았지만 눈물이 멈추진 않았다.

체육 선생님이 오기 전 일렬로 줄을 맞춰야 했다. 언제나 마지막으로 몸을 푸는 체조를 해야 수업이 끝났다. 지금은 몇 명이 둘러싸고 있지만 체조 대형으로 줄을 맞추면 울고 있는 정혜연이 들키는 건 시간문제였다.

"뭐 해. 체조 대형으로 벌려!"

하나 둘 야, 하면서 체조 대형으로 간격을 벌렸다. 여학생, 남학생 반반씩 선 데다 재빈은 맨 뒷줄이라 정혜연이 안 보였다.

"잠깐, 혜연인 왜 그렇게 눈이 빨개?"

눈썰미 좋은 체육 선생님이 알아챘다.

"환절기에 알러지가 있어요. 가려워서 비볐더니 그런가 봐요."

정혜연 목소리가 평상시와 다르지 않았다. 그러자 체육 선생님도 조심하라며 넘어갔다.

하나 둘 셋 넷, 둘 둘 셋 넷! 팔을 휘두르고 발목을 돌리며 체조를 했다. 아무 일도 없었다. 적어도 체육 선생님 눈앞에서는. 평화 중의 평화는 우라지게 잘 지켜졌다.

보미

정혜연은 평상시와 똑같았다. 저 애가 정말 울었던가 믿기지 않을 만큼. 정혜연에게 한 방 먹이려다 된통 당한 장아람 표정이 더 볼만했다. 무안하기도 하고 미안하기도 한 부루퉁한 얼굴이었다.

기말고사 준비 잘해라, 재활용 쓰레기 분류해서 버려라 등등 잔소리를 하던 담임이 교탁을 두 손으로 잡았다.

"아직 자수한 사람이 없다. 내일이 마지막 날인 건 알지? 깊이 생각해서 자신이 박용기를 괴롭혔다 생각하는 세 사람은 꼭 자수하기 바란다."

담임이 아이들을 훑어보다가 교실을 나갔다.

모인다고 뭐가 해결되는 건 아니었지만 그래도 마무리는 지어야 할 거 같아 카톡을 보냈다.

잠시 후 시크릿 가든에서.

김재빈, 허치승이 똑같이 풀 죽은 모습으로 나타났다. 두 녀석의 얼굴을 보고 기상 예보를 한다면 비 올 확률 80퍼센트였다. 고민의 무게에 눌린 두 녀석을 보니 '중학생의 평화'를 위해 탑돌이라도 해야 하나 싶었다.

"자수할 거야."

김재빈이 먼저 폭탄 발언을 했다. 금방이라도 담임을 찾아갈 기세라 보미가 손을 잡으며 말렸다.

"결국 내가 뿌린 씨앗이었어."

김재빈은 보미와 눈을 마주치지도 않고 말했다. 결심을 꺾지 않겠다는 뜻이었다.

"같이 가."

허치승까지 비장한 얼굴이었다. 아, 정말 이 분위기는 뭐지? 이제 막 출정식을 마친 독립군의 모습이랄까? 푸푸 연기를 내뿜는 만주행 증기 기차에 발을 내딛기 전 결심을 다지는 모습이랄까?

두 아이가 자수해도 괜찮았다. 그런데 뭔가 정리한 후 자수해도 늦지 않을 거라 생각했고 다급해진 보미가 두 팔을 벌려 막았다.

"잠깐, 내일까지니까 지금 당장 안 해도 되잖아. 그리고 그 전에 나도 할 말 있어."

자수보다 중요한 일이 뭐가 있나 싶어 두 아이의 시선이 보미를 향했다. 보미는 두 아이를 바라보며 가쁘게 뛰는 가슴을 진정시켰다.

셋이서 일을 벌였지만 결국 아무것도 해결하지 못했다. 이영찬, 장아람, 송지만 등 제3의 아이 유력 후보를 알게 된 것이 그나마 수확이라고 할까? 문제는 그 셋 중 누구도 자수할 의사가 없다는 거였다. 어쨌든 내일이면 어떤 식으로든 결말이 나올 일이었다. 그래서 보미는 자기 이야기를 하고 싶었고 지금이 가장 좋은 타이밍이란 생각이었다.

"사고 나기 전 박용기가 마지막으로 전화를 건 사람은 나였어."

이건 또 무슨 말인가 싶은지 허치승이 보미를 쳐다봤다. 보미는 안과에 갔다가 들어오면서 박용기의 전화를 두 번이나 수신 거부했음을 고백했다.

"내가 빵을 사 왔으면, 아니 수위 아저씨가 자리를 비웠다는 것만 알려 줬어도 담을 넘어가지 않았을 테고, 그럼 사고는 안 났을 거야."

담담하게 말하리라 결심했는데 눈물이 차오르는 느낌이 들었다. 김재빈, 허치승 얼굴이 뿌옇게 보였다.

자수하겠다는 두 녀석을 다 말릴 수도, 너는 아니라며 한 녀석만 말릴 수도 없어 결국 아무 결론도 내리지 못했다. 어깨를 늘어뜨리고 학교를 나왔다. 가을 60퍼센트, 겨울 40퍼센트의 비율로 두 계절이 섞인 찬바람이 불어왔다. 해가 제법 기울었고 허치승의 덩치 큰 그림자가 보미의 발끝으로 길게 드리워졌다.

횡단보도를 건너 편의점 앞을 지나가는데 알바 오빠가 급하게 나오더니 보미네를 불렀다.

"얘들아, 좀 전에 걔 왔다 갔어. 전에 얘기했던 야간 알바 누나가 놀러 왔는데 마침 걔가 딱 나타난 거야. 용기라 그랬나, 교통사고 난 애랑 같이 밤에 왔던 그 여자애! 지금 막 편의점을 나갔어. 이 방향으로 갔으니까 얼른 뛰어가 봐."

누가 먼저랄 것 없이 알바 오빠가 가리킨 방향으로 뛰어가는데 뒤에서 소리가 들렸다.

"아 참, 평화중 교복 아니야. 다른 학교 교복이다!"

이건 뭔 소리람? 어쨌든 숨이 넘어가도록 열심히 뛰었다. 다른 학교 교복이랬지? 평화중 교복을 하나 제치고 둘 스치고 셋을 지나자 눈에 띄는 교복의 여학생 뒷모습이 보였다.

몸이 가벼워 제일 앞서 달린 김재빈이 여학생 등에 매달린 백팩을 쳤다. 저기, 하며 말을 물으려는데…… 김진희였다. 교외 흡연 지도에 걸려 강제 전학 간 아이.

김진희가 놀라서 얼떨떨하게 인사를 했다.

"반갑다. 웬일이야?"

김진희가 달려온 세 사람을 번갈아 보았다. 김재빈과 허치승은 놀라 입을 다물었지만 그래도 물어봐야 직성이 풀리니 보미가 총대를 멨다.

"너 혹시 박용기랑 친해?"

대뜸 물었는데도 김진희는 망설이지도 않고 산뜻하게 긍정했다. 응!

편의점 바깥 파라솔에 넷이 앉았다. 바람마저 스산한 오후, 적대국 정상과 회담이라도 하는 것처럼 모두들 긴장한 얼굴이었다. 처음으로 학원을 제친다는 김재빈은 초조해 보였지만 안 가겠다는 의지는 확실했다. 워낙 의외의 인물이라 뭐부터 물어야 하나 눈치를 보는데 김진희가 먼저 입을 열었다.

"용기는 많이 좋아졌어. 다음 주면 퇴원도 가능할 거야. 당분간 학교는 빠지겠지만."

좋은 소식임에는 틀림없지만 그게 궁금한 건 아니었다.

"좀 놀랐어. 박용기랑 친하다 해서."

평서문 문장이지만 말주변 없는 허치승에겐 의문문과 같았다. 어떻게 박용기와 친해졌느냐는.

"처음부터 용기랑 친하진 않았어. 전학 가고 나서, 처음에 애들 잘 못 사귀잖아. 친구도 없고 외로울 때 우연히 편의점에서 용기를 만났어. 내가 흡연으로 걸린 건 다 알지? 친구 따라 호기심으로 딱 한 번 피웠는데 그게 재수 없게 걸린 거였어. 용기한테 그런 얘길 하는데 진심으로 같이 속상해하는 거야. 좀 놀랐어. 나도 평화중 다닐 때는 별로인 애라 생각했었거든. 전학 간 학교에서 속 얘기 나눌 친구가 없던 터라 용기가 더 반가웠나 봐. 그러고 그 뒤에 가끔 만나서 얘기하다가 친하게 됐어."

왕따라서 불쌍하게 여겼는데 박용기는 제 나름대로 행복한 아이였다. 이렇게 자기를 아껴 주는 친구들이 있으니.

김진희의 얘기로 이해는 했지만 확실하게 매듭을 짓는 의미로 보미가 물었다.

"그럼 네가 박용기의 여친이야?"

친하냐는 물음에는 쿨하게 인정했던 김진희가 그건 절대 아니라며 팔로 X 자를 만들었다.

"눈치 없는 남자는 딱 질색이야! 딱 그 타입이잖아. 용기는 그냥 베프야."

박용기에 대한 평가만큼은 냉정했다.

궁금했던 여자 친구의 정체는 밝혀졌지만 제3의 아이를 찾는 데에는 별로 도움이 되지 않았다. 슬슬 일어나려 하는데 김진희가 허치승에게 말했다.

"병문안 좀 가 봐. 네가 가면 좋아할 거야. 용기가 초등학교 때 준모란 아이랑 같이 너를 많이 괴롭혔지? 그때 준모란 애가 꽤 무서웠나 봐. 치승이 네가 다른 학교로 전학 가자 기다렸단 듯이 준모가 용기를 괴롭히기 시작했대. 티 안 나게 돈 뜯어내고 때리고. 용기 팔 보면 담뱃불로 찍힌 자국도 있어. 그것도 준모가 그랬대. 암튼 그렇게 독하게 괴롭힘당하고 나니까 네 생각이 나더래. 옛날 일로 너한테 정말 미안해했어. 네가 괴롭혀도 다 들어줬던 건 그 이유야. 그러니까 그만 용서해."

김진희가 가 버린 뒤에도 아무도 움직이지 않고 횡단보도만 바라보았다. 제법 쌀쌀해진 바람이 눈치 없이 불어와 세 사람 사이를 휘돌았다.

치승

박용기 때문에 학교가 지옥 같았다. 신발주머니를 물에 푹 담가 놔서 실내화를 신고 집에 가야 했던 날도 있었고, 최준모 학원 숙제까지 하는 날도 있었다. 그렇지만 무엇보다 괴로웠던 건 박용기의 협박이었다.

"너희 엄마 바람피워서 집 나갔지? 준모도 이건 몰라. 내가 준모한테 한마디만 해도 전교에 소문 다 날걸."

박용기는 최준모의 충실한 부하였다. 시키면 시키는 대로 다 하는. 그런데도 결국 최준모한테 당했구나.

이혼하면서 아버지가 이사를 결정했고 옆 학교로 전학을 가면서 박용기와 영원히 끝났다고 생각했다. 그런데 둘 다 평화중에 오면서 같은 반까지 됐다.

'저 새끼 죽었어!'

가만두지 않겠다고 결심했다. 예전에 박용기가 했던 일은 오재열이 알아서 잘해 줬다. 돈을 빌리고, 빵 셔틀을 시키고, 툭툭 쥐어박고, 욕도 했지만……. 어쩐 일인지 치승은 만족스럽지 않았다. 노골적으로 빙신 새끼라 놀리는 치승의 말을 들으면서도 박용기는 히죽 웃기만 했다. 아프다고 하면서도 헤드록을 거는 오재열 팔에서 빠져나오려 하지 않았다. 도대체 옛날의 패기는 다 어디 가고 저렇게 변했을까 궁금할 정도로 박용기는 아무런 반항을 하지 않았다.

'저렇게 하찮고 약한 새끼가 날 건드렸었단 말이야?'

가끔은 박용기에게서 오래전 자신의 모습을 보기도 했다. 그럴 때면 마음이 괴로웠지만 자신에겐 박용기를 괴롭힐 자격이 있다고 생각했다.

"야, 프린스, 음료수 다섯 개만 사 와."

어느 순간부터 이영찬과 송지만 같은 애들까지 박용기를 부려 먹었다. 뭐야, 저 새끼들은? 박용기를 괴롭힐 자격은 오직 치승에게만 있었다. 그래서 자꾸 '폭주'하는 몇몇 아이들이 눈에 거슬렸다.

"박용기는 실컷 벗겨 먹었잖아. 이제 슬슬 다른 애로 갈아타자."

아이들에게 제안했지만 오재열, 이영찬 모두 시큰둥했다.

"아무리 생각해도 저만한 물주가 없어. 그런데 갑자기 왜? 박용기가 담임한테 말할까 봐 겁나냐?"

오재열은 이런 식으로 도발했다. 그러면 이영찬도 옆에서 거들었다.

"그러니까 딴생각 못 하도록 더 확실하게 잡아야지. 안 그래?"

둘이 그렇게 나오니 치승도 주춤할 수밖에 없었다. 그나마 제일 만만하게 데리고 노는 아이들 속에서 혼자 빠져나오는 것도 내키지 않았다. 비겁했지만 치승은 아이들 말을 따랐다.

"그럼 알아서 해."

박용기는 그렇게 계속 프린스 노릇을 이어 가게 됐다.

왕따는 게임이었다. 아이들만의 파워 게임. 성적으로만 아이들을 분류하는 건 지나치게 소수에게만 유리한 룰이었다. 아이들은 또 다른 룰이 필요했고 왕따라는 게임을 만들었다. 누구든 승자가 될 수 있는 게임. 물론 한순간에 공격권이 넘어갈 위험도 있는 무시무시한 게임이기도 했다. 치승은 박용기에게서 공격권을 빼어왔고, 자신이 괴로웠던 시간보다 더 오래 괴롭혔다. 자신이 받았던 것보다 더 크게 되갚았지만 어쩐지 기쁘지 않았다. 공격권을 갖고 있어도 별로 즐겁지 않은 이 게임에 슬슬 싫증이 났다.

점심시간이 끝나 가는, 아슬아슬한 타이밍에 빵을 사러 가는 박용기를 보면서 치승은 더 이상은 안 되겠다고 생각했다. 하지만 언제나 그렇듯 운명은 예고 없이 불시에 찾아왔고, 그 시간 박용기의 몸은 트럭에 치여 하늘로 솟아오르고 있었다. 치승의 속마음은 까맣게 모른 채…….

비겁했다! 치승은 어느 때보다 냉정하게 자신을 돌아봤다.

"난 자수할 거야. 네가 하건 안 하건 상관없이. 그리고 박용기한테 어떻게 했는지 담임에게 전부 말할 거야. 어쩌면 네 이야기도 나올 수 있어. 그래서 미리 말하는 거야."

오재열에게 전화로 입장을 알렸다.

"씨발, 네가 말하면 다 뽀록나잖아. 내가 어떻게 가만있어?"

아 씨, 엄마 때문에 안 되는데…… 합의금 내라면 어쩌지……. 오재열은 전화를 끊지도 않고 혼잣말을 중얼거리더니 결국 마음을 정했다.

"나도 해! 안 그래도 머리가 터질 것처럼 고민스러웠는데 그만 끝낼래. 내일 자수하고 병원 찾아가서 박용기한테 죽어라 빌자. 혹시 알아? 죽어라 빌면, 합의금 얘기 안 하고 넘어갈지. 아니면 좀 깎아 줄지도 모르고."

얄팍한 아이답게 또르르 머리 굴리는 소리가 들렸다. 그런데 정말 병원에 가서 빌어야 하나? 어떤 식으로든 박용기와 풀어야 하긴 했다.

"그럼 너랑 나랑 둘만 해? 김재빈, 윤보미랑 며칠 뒷조사하고 다니는 것 같더니 누구 없어? 게시판 글처럼 김재빈은 아닐 테고."

서나래가 지목한 범인은 김재빈이었지만 이영찬, 장아람 같은 만만치 않은 아이들이 있는데 굳이 김재빈이 나설 필요는 없었다.

“재빈이 자수하겠다 하는데, 그게 먹히겠냐?”

“대박! 회장이라 책임진다는 거야? 좀생이 같은 자식이 어쩐 일이래.”

허치승은 아무래도 이영찬 같았다.

“네가 영찬이 좀 설득해 봐. 김재빈은 아니니까.”

치승의 말에 오재열이 그렇지 않다며 말을 잘랐다.

“야, 김재빈이 나아. 그래야 우리한테도 유리하지. 김재빈이 누구냐? 정혜연과 더불어 특목고 진학이 확실한 애 아니야. 그런 애한테 학교에서 중징계를 내리겠어? 우리도 그 덕을 보게 될지 알아?”

오재열은 현실적인 계산이 빨랐다. 또 비겁해져야 하나……. 치승이 강하게 고개를 저었다.

디데이

재빈

반전은 없었다. 게시판 글에 나온 세 명의 아이가 2학년 4반 복도에 모였다. 재빈은 거사를 앞둔 독립운동가들의 마음도 이렇게 비장했을까 잠깐 생각했다. 재빈을 가운데 두고 오른쪽 아이는 침울했고 왼쪽 아이는 얼떨떨했다.

오른쪽에 있던 허치승이 말했다.

"아무래도 재빈인 아닌 것 같아. 넌 빠져!"

"본인이 하겠다는데 왜 그래?"

오재열이 펄쩍 뛰며 재빈 손을 잡았다. 둘보단 셋이 더 의지가 된다는 뜻인가?

"너보다 더 심한 애들도 많은데, 굳이 하겠다는 이유가 뭐야? 내년에 학생 회장 나갈 거라며?"

학원 하루 빠진 걸로 세상이 무너질 것처럼 걱정했기 때문에 재빈은 아직 엄마에게 박용기 사건에 대해 한마디도 말씀드리지 못했다. 학생 회장 출마도 그렇고 특목고 입학도 걱정됐지만 재빈은 책임지고 싶었다. 앞에서 당당하게 말도 못 하면서 몰래 숨어서 쌍욕을 뱉어 내는 자신을 이렇게나마 벌주고 싶었다.

"가자!"

교무실 방향으로 발길을 옮기자 조마조마하게 지켜보던 오재열이 호위하듯 재빈 옆에 바싹 붙어 섰고 허치승도 뒤따라왔다. 서부 영화에서는 세 남자가 걸어가는 모습이 엔딩 장면에 멋지게 나오는데, 의기소침하게 교무실을 향해 걸어가는 지금 셋의 모습은 몹시 초라해 보였다.

전부 다 밝히겠다고 결심했지만 발걸음은 마냥 무거웠다. 그런데 교무실 복도에 이렇게 많은 사진이 있었던가? 새삼스러웠다. 네 번째 손가락을 잘라 단지 동맹을 맺었다는 안중근 의사 사진을 지나며 우리는 뭘 자르면서 동맹을 맺어야 할까, 오재열 곱슬머리가 제법 긴데 그걸 잘라 단발 동맹이라도 맺어야 하나 고민도 해 봤고, 평화가 가장 큰 무기라고 말했던 넬슨 만델라 사진을 스치면서는 학교 폭력을 걸리면 단체 기합을 받으니까 평화중에서 평화는 또 다른 의미에서 무기가 된다는 불평도 해 봤다. 훌륭한 선생님 덕분에 중복 장애를 극복한 헬렌 켈러 사진을 보면서는 홧 알 유 두잉, 하는 발음이 완전 '구린' 할아버지 영어 선생님에게 배우면서 외고를 꿈꾸는 아이도 있는데 헬렌 켈러는 운도 좋네 부러워도 해 보다가 교무실 복도 가장 끝에 있는 유관순 누나 사진 앞에 섰다. 담임 자리가 있는 교무실 문 앞에 서니 문득 이 사진 배열의 원칙은 뭘까 궁금해졌다. 동양과 서양, 남성과 여성은 물론 시대적 배경도 전혀 고려치 않은 카오스적 배치였다. 너희들도 이렇게 중구난방 모였지만 평화롭게 살라는 메시지를 전달하려는 걸까?

두려움 탓인지 재빈의 머릿속에 평소 하지 않던 잡생각이 흘러넘쳤다. 당당하게 왔는데 교무실 문을 열기 직전 모두 멈칫했다.

"김재빈, 네가 앞장서. 학급 회장이잖아."

말하는 오재열 입술이 떨렸다. 자수하면 학폭위까지 넘기지 않겠다는 약속이 있었지만 과연 그게 담임 혼자 힘으로 가능할까? 재빈도 오재열의 불안을 모르지 않았다.

그때 허치승이 똑똑 노크를 하고 교무실로 들어갔다. 재빈과 오재열도 그 뒤를 따랐다. 자리에 앉아 있던 담임은 아무것도 묻지 않고 칸막이로 가려진 교무실 한쪽으로 데려갔다. 진한 아이라인이 전혀 움직이지 않는 걸 보면 이렇게 셋이 올 줄 알았던 것일까? 결국 우리 셋이 정답이었나? 너는 왜 왔니, 하고 담임이 물어 주진 않을까 했던 재빈의 기대가 무참히 무너졌다.

"자수하려고 왔습니다."

들어오는 건 허치승에게 선두를 빼앗겼지만 고백은 재빈이 먼저 했다. 구차하게 구구절절 말하지 않고, 우리 셋이 박용기를 괴롭혔다고 담백하게 말씀드렸다.

"셋이 입 맞추고 온 건 아니지?"

엄청 화를 낼 거라 예상했는데 담임의 목소리는 여느 때와 다르지 않았다. 담임은 종이를 한 장씩 건넸다.

"여기서 일일이 다 말하려면 힘들 테니까 오늘 집에 가서 너희가 박용기에게 잘못한 걸 여기다 적어. 그걸 보고 어떤 처벌을 내릴지 고민할 거니까."

재빈이 예상치 못한 숙제였다. 종이를 들여다보던 오재열이 물었다.

"어디까지 적어야 해요? 이거 다 채워요?"

담임이 오재열을 향해 피식 웃었다.

"정해진 분량은 없어. 네가 한 만큼 적으면 돼."

오재열에게는 앞뒤로 꽉꽉 채우라는 것보다 더 무서운 말일 거다.

"다만 내가 왜 그런 행동을 했는지, 그 부분을 자세하게 적어 줬으면 해."

사건의 근본적인 원인을 밝히겠다는 뜻이었다.

"어쨌든 왔으니까 한 명씩 면담을 좀 하자. 먼저 허치승부터 할까? 재빈인 교실로 가서 조회 전까지 애들 조용히 시켜. 오늘 기술 쪽지 시험 보는 거 외우고 있으라 하고."

이게 끝인가? '거사'가 허무하게 끝나 버렸다. 재빈이 담임 몰래 허치승을 향해 주먹을 쥐어 보였다. 말주변 없는 허치승이 걱정돼 응원을 보낸 거였지만 한편으로는 이게 응원할 일인가 싶어 멋쩍었다.

보미

면담 때문에 담임이 조회에 들어오지 못했다.

"오늘이지? 허치승, 오재열 둘이 자수하러 간 거야? 근데 한 명은 누구야? 빈자리가 없잖아?"

힐끗 재빈을 보는 아이들도 있었다. 재빈이 교무실에 갔다 온 건 보미밖에 모르는 눈치였다. 재빈은 학급 회장이라 평소에도 교무실 출입이 잦았고, 오늘 고백도 워낙 간단히 끝내고 온 탓이었다.

보미는 두 아이의 행방을 알고 있었다. 허치승은 면담 중이었고 오재열은 교무실을 나오자마자 화장실로 갔다. 박용기를 괴롭힐 때의 패기는 어디로 가고, 담임 앞에서 긴장했는지 배가 살살 아프다고 재빈에게 엄살을 부렸단다.

이영찬, 그만 버티고 자수하러 가지. 노골적으로 지목하는 목소리도 있었다.

"의외의 인물이라 했잖아. 그게 여자란 뜻도 될걸?"

자신을 지목하는 말에 화가 난 이영찬이 큰 목소리로 반응했다. 그러자 때리는 시어머니 옆 말리는 시누이처럼 송지만이 제 몫의 역할을 했다. 의외의 인물이 저렇게 모른 척 앉아 있으면 어떡해 하며 장아람을 돌아봤다.

이 소리, 저 소리로 교실이 시끄러웠다. 학급 회장이지만 김재빈도 얼굴이 굳은 채 나서지 않았다. 그때 강우주가 한마디 했다.

"그만하자. 가만 보니까 누구도 떳떳하지 않은 거 같은데……."

재는 왜 오버야, 싫은 소리가 들리긴 했지만 강우주의 말은 효과가 있었다. 술렁거리던 교실이 갑자기 조용해졌다.

2교시는 담임 시간이었다.

"오늘 쪽지 시험 보는 날이지? 공부 좀 했어?"

딱 일주일 전 교탁을 치면서 표출했던 분노를 모두 잃어버린 양 담임은 태연했다. 보미 짝이 옆구리를 푹 찔렀다. 왜 저래, 하고 묻는 표정이었다. 담임은 세 명의 자수에 대해 아무 말도 없었다. 세 명이 누군지는 알았지만 박용기가 말한 아이들이 맞는지는 보미도 궁금했다.

궁금해 미칠 듯한 아이들을 대표해 이영찬이 손을 들었다.

"선생님, 세 명 다 자수했어요?"

1번부터 10번까지 주관식 답을 적을 수 있는 답안지를 분단별로 나누던 담임이 바쁘게 움직이던 손을 멈췄다.

"응."

그러고는 대답이 없었다. 다만 손동작은 멈춘 그대로였다.

이영찬이 우물쭈물하는 사이 정혜연이 질문했다.

"그럼 저희 집단 상담 안 받아도 되는 거죠?"

정말 못 말리는 아이였다.

담임의 진한 아이라인이 꿈틀했다. 그렇지만 곧바로 평정을 되찾았다. 답안지를 다 돌린 담임이 교탁 앞에 섰다.

"내 별명이 쿵푸 팬더라며? 아니다, 쿵푸 팬더 여동생이라 부르는 반도 있다고 들었어. 아마 이 눈 화장 때문이겠지. 너희보다 몇 해 선배 중에 굉장히 짓궂은 남학생이 있었는데 그 애는 정말 집요하리만치 물었어. 왜 이렇게 눈 화장을 진하게 하느냐고. 그 애한테도 안 해 준 이야긴데……."

집단 상담을 받느냐는 질문에 웬 아이라인? 뜬금없는 담임의 속내를 알 수 없었다.

"고등학교 때 참 싫어했던 남자아이가 있었어. 애 자체가 비호감 스타일이라 나뿐만 아니라 여러 아이들이 싫어했어. 그래도 그 애랑 부딪치진 않았어. 아예 말 한마디 섞은 적이 없으니까. 어느 날 과학 시간에 금속 나트륨으로 실험을 하는데 그 애가 나와 같은 조가 돼서 옆에 있게 됐어. 나는 화학 수업에 흥미가 있진 않았지만 성적이 제일 좋다는 이유로 실험을 주도하는 역할을 맡았어.

겨우 여섯 명 중의 대표였는데 나는 실험할 때 방해된다는 이유로 그 애를 뒤쪽으로 보내 버렸어. 말도 안 되는 이유였는데 그 애는 내 말에 따라 뒤에서 지켜보기만 했어. 너희, 금속 나트륨 실험해 봤니? 금속 나트륨을 잘라 물속에 집어넣는 간단한 실험이야. 몇 그램인지 정확한 숫자는 생각 안 나는데 금속 나트륨을 작은 덩어리로 잘라야 했어. 지금도 그렇지만 나는 눈대중이 참 부족했어. 선생님이 말한 대로 금속 나트륨을 잘라서 다른 애들에게 보여 줬어. 물론 내 뒤쪽에 서 있던 그 애에게는 안 보였을 거야. 아이들이 그만하면 됐다고 고개를 끄덕이기에 자른 금속 나트륨을 수조에 넣었어. 금속 나트륨 덩어리는 물속에 들어가 격렬한 반응을 시작하더니 어느 순간 불이 붙고 펑!"

여자아이들 몇이 악, 소리를 질렀다. 정혜연만 굳은 표정으로 아무 반응도 보이지 않았다. 도대체 저 얘기를 왜 하지 싶어 긴장한 모습이었다. 김재빈도 어깨를 곧추세운 채로 들었다. 아이들 반응에 담임이 의미심장하게 웃었다.

"나를 구해 준 건 그 비호감 남자애였어. 불붙은 금속 나트륨 덩어리가 튀는 동시에 그 애가 나를 끌어당겼거든. 정량보다 크게 잘라 넣은 게 문제였나 봐. 다행히 그 애 덕분에 눈가에 살짝 화상만 입고 끝났지."

이번엔 휴, 소리가 동시에 터졌다. 담임이 그런 반응에 모처럼 크게 웃었다.

"그래, 이 아이라인은 화상 흉터를 가리는 나만의 방법이야. 너희 어디 가서 소문내지 마! 아마 이 중에 몇은 뒤에 그 애랑 어떻게 되었나 궁금하겠지? 혹시 커플이 된 거 아닌가 상상하는 녀석도 있을 테고. 실망시켜서 미안하지만 전혀 그러지 않았어. 고맙다고 말은 했지만 그걸로 끝이었어. 하지만 곰곰이 생각해 봤어. 왜 그 애를 싫어했을까? 싫어할 만한 행동을 하긴 했지만 반 전체가 몰아서 싫어할 만큼은 아니었거든. 박용기 일도 그래. 분명 용기에게 너희들이 싫어할 만한 부분이 있을 테지만 그건 용기만 그런 건 아닐 거야. 너희들도 다 그런 부분이 있어. 그런데 가혹하게도 용기만 몰아붙였겠지. 왜 그랬을까? 누군가를 몰아붙여야만 나에게 손가락질이 돌아오지 않을 거란 이기심 때문은 아니었을까? 그럼 이제 너희들이 제일 궁금한 걸 얘기해 줄게. 흠, 자수한 세 명의 아이는 박용기가 말한 세 명과 일치하지 않아."

이번엔 아이, 짜증 섞인 탄성이 터져 나왔다. 이영찬이라니까 하는 혼잣말도 어디선가 들렸다.

"그래도 자수한 기특한 마음 때문에 집단 상담을 받을지 말지는 고민 좀 해 보려고."

뻣뻣하던 몸이 그제야 풀렸다. 앞쪽에 앉은 오재열이 김재빈을 돌아보며 씩 웃었다. 담임이 말한 '기특한 마음'에 그새 기분이 풀려 까불대는 거였다. 역시 오재열이었다. 반면에 허치승 표정은 여전히 뚱했다. 아니다. 자세히 보니 간지럼 타는 것처럼 입꼬리가 비죽거렸다. 홀가분해서 그러겠지……. 자식, 그냥 웃으면 될 걸…….

그런데 제3의 아이는 정말 누굴까? 보미가 아이들을 둘러보는데 담임의 말이 들렸다.

"이제 시험 본다. 이거 수행 평가 대신 반영한다고 말했지? 첫 번째 문제, 토양 오염의 원인 세 가지를 적으세요."

보미는 1번 옆에 농약, 폐수를 적었다. 그런데 나머지 하나가 생각나지 않았다. 아, 분명 형광펜으로 줄까지 그으면서 외운 건데……. 머리를 쥐어짜도 떠오르지 않았다.

조금 전까지 보미의 머릿속을 가득 채웠던, 제3의 아이에 대한 궁금증은 어느새 완전히 사라져 버렸다.

에필로그

언제까지 빈둥거리며 미룰 거냐는 아내의 잔소리에 양 씨는 할 수 없이 곡괭이를 집어 들었다. 그리고 옥수수밭 근처에 우물을 파기 시작했다. 연중 강우량이 500밀리 밖에 안 되는 지역이라 집집마다 우물을 파서 물을 길어야 했다. 몸이 약하고 게으른 양 씨는 그간 친하게 지내는 이웃의 우물을 이용했는데 유난히 가물었던 1974년에는 결국 우물을 팔 수밖에 없었다. 한 2미터쯤 파내려 갔을 때 양 씨가 휘두른 곡괭이에 뭔가가 걸렸다. 흙더미를 파헤치고 보니 흙으로 만들어진 사람 크기의 인형이었다.

'안 그래도 힘들어 죽겠구먼, 물은 안 나오고 웬 인형이람.'

양 씨는 불평을 터뜨리며 다시 곡괭이를 휘둘렀는데 이번에도 토기 인형이 나왔다. 우물 자리로 적당하지 않다는 생각에 미련 없이 그 옆으로 옮겨 곡괭이를 내리꽂다가…… 문득 이상한 예감이 들었다. 양 씨는 혹시 자신이 대단한 걸 발견했나 하는 생각에 전문가를 찾아갔다. 그리고 그것이 이천이백 년 전 겨우 열세 살에 왕위에 오르자마자 무덤을 만들기 시작한 진시황의 무덤 부장품이라는 걸 밝혀냈다.

양 씨가 병마용을 발견한 건 누구나 아는 사실이었지만 부인의 독촉에 마지못해 곡괭이질을 한 건 아무도 몰랐다. 토기 인형이 나왔을 때 본 척 만 척하고 옆 자리에 곡괭이를 휘둘러 계속 우물만 팠다면 병마용 발견은 물 건너갔다는 것도 알지 못했다. 그리고 양 씨 역시 팔천 개의 병마용을 발견한 유명세를 이용해 자기 이름을 쓴 사인북을, 사십 년 넘는 세월 동안 관광객들에게 셰셰 하고 웃으며 팔 거라는 건 알지 못했다. 농부였던 그가 유명 인사가 된 건 이렇게 남들이 알지 못한 몇 가지 사실 덕분이었다.

누구에게나 남들은 절대로 알지 못하는 것들이 있다. 죽을 때까지 혹은 아주 오랜 시간 동안, 아니면 아주 짧은 순간만일지라도 남모르게 감추어 놓은 진실들이 있다.

담임에게 자수하고 며칠 후 허치승은 아버지 심부름으로 싱싱청과를 찾아갔다.

"저기 말이야, 내 약점 있잖아……."

허치승이 더듬거리며 말을 꺼내자 윤보미는 네가 무슨 말을 할지 다 안다는 듯 입가에 손을 대고 지퍼 닫는 시늉을 했다. 찌이익 효과음까지 냈다.

'엄마가 없는 건 내 탓이 아니야. 하지만 알려지는 건 싫어.'

허치승은 약점을 말하지 않겠다는 윤보미의 말을 믿었다. 하지만 서로가 생각하는 약점이 다르다는 건 알지 못했다.

'복숭아 알러지가 뭐 대단한 약점이라고……. 얘도 보기보다 스케일 작네.'

덩치에 안 어울리게 소심한 소년의 마음을 헤집어 놓을 생각은 없었다. 윤보미는 그 후로 허치승 앞에서 복숭아 얘기를 꺼내지 않았다.

과학책 속에 숨어 있던 메모지는 아직도 김재빈 책상 서랍에 들어 있었다. 김재빈은 가끔 메모를 들여다보며 누가 썼을까 궁금해했지만 미스터리를 푸는 열쇠가 그 안에 있다는 건 꿈에도 생각 못 했다. 메모에 나온 이름은 하나였고 발신인의 이름도 그와 같았다. 윤보미는 초록색 검색창에 '필체를 감추는 방법'을 검색해 왼손으로 쓰는 방법을 알아냈다. 철저한 오른손잡이로 살아온 탓에 처음 왼손으로 쓴 글씨는 고대 상형 문자 저리 가라 하게 형체를 못 알아볼 지경이었다. 윤보미는 삼십 분 이상 시간을 들여 연습했고, 상표가 드러나지 않은 종이에 메모를 한 다음 김재빈이 화장실에 간 사이 재빨리 과학책 사이에 끼워 놓았다.

'박용기 휴대폰을 조사하기 전에 모든 일이 끝나야 해.'

박용기의 마지막 전화를 거절했기에 적극적으로 조사에 나섰다지만 꼭 그 이유만 있는 건 아니었다. 전학 온 직후 왕따를 당했던 윤보미는 쉬는 시간이면 팔에 고개를 묻고 엎드려 있었다. 말 한마디 나눌 친구가 없다는 사실이 무척 슬프고 힘들었다.

그러던 어느 날, 어서 쉬는 시간 십 분이 지나가기를 기다리며 눈을 꾹 감고 있던 윤보미가 실눈을 떴을 때, 고개를 감싼 팔뚝 살 너머 저편으로 김재빈이 보였다. 떠들썩한 아이들과 어울리지 않고 혼자 책을 보는 모습이 고고한 선비 같았고, 저 아이라면 나의 고독을 이해해 주지 않을까 하는 괜한 바람도 생겼다. 그 후로도 윤보미는 쉬는 시간마다 엎드려 김재빈을 몰래 훔쳐봤다. 특별히 그 아이가 좋다는 생각은 안 들었지만 자꾸 보고 싶어졌다. 윤보미가 한 달 가까운 왕따 기간을 견딘 건 김재빈의 오른쪽 얼굴 덕분이기도 했다.

하지만 메모지를 몰래 전달하면서도 윤보미는 이건 정의를 위한 길이야, 라고만 되뇌었다. 한때나마 가슴을 들뜨게 했던 그 감정을 인정하고 싶지는 않았기 때문이었다. 아니, 가슴속에 꼭꼭 숨어 버린 그 감정을 알아차리기에 열다섯 살은 너무 어리기 때문이었다.

윤보미는 교문을 오가면서 가끔 수위 아저씨와 했던 이상한 약속에 대해 의문을 품었다. 도대체 수위실 옆 공구실에 있었던 게 무슨 큰 죄라고 거짓말을 강요했을까? 윤보미가 수위실을 보며 고개를 갸웃할 때 수위 아저씨는 혹시 재가 눈치챈 건 아닌가 싶어 가슴이 뜨끔했다. 그리고 그날 자신의 떳떳하지 못한 알리바이를 옆 골목 치안 할아버지 책임으로 떠넘겼다.

"연꽃 양로원 할머니들이 직접 담근 막걸리니까 집에 가서 맛이나 봐."

치안 할아버지가 막걸리를 주지 않았다면, 공구실 염화나트륨 통에 걸터앉아서 몰래 홀짝이는 일도 없었을 터였다.

"갑자기 막걸리를 갖다 줘 가지고 사람을 곤란하게 만들었담! 아휴, 내가 또 술을 먹으면 사람이 아니라 개다, 개!"

수위 아저씨는 그 일로 울화통을 터뜨렸지만 치안 할아버지가 막걸리를 준 것이 박용기를 잘 좀 봐 달라는 뜻이었다는 건 눈치채지 못했다.

금속 나트륨을 실험하던 중 비호감 남자아이의 도움으로 큰 화는 면했다는, 하지만 그 일로 눈가에 상처를 얻었다는 하지영 선생님의 이야기는 2학년 4반 아이들에게 묘한 감정을 선물했다. 허치승, 오재열을 비롯한 다수의 아이들은 찌릿찌릿 정전기가 일어난 것처럼 마음이 따끔거리는 걸 느꼈으니 말이다.

"누군가를 배척하고 미워했던 그 경험! 살면서 또 그런 실수를 할까 봐 나는 성형 수술도 하지 않고 짙은 눈 화장으로 상처를 가리며 살고 있어."

담담하지만 뭉클한 감동을 주는 고백을 듣고 몇몇 아이들은 더 이상 하지영 선생님을 쿵푸 팬더 여동생이라 놀리지 않겠다고 결심했다. 하지만 누구도 거룩한 화장의 또 다른 스토리는 알지 못했다. 하지영 선생님의 금속 나트륨 실험 스토리는 사실이었다. 비호감 남학생이 뒤로 끌어당겨 주지 않았다면 큰 사고로 이어져 평생 얼굴에 참외만 한 상처를 달고 다닐 뻔했지만……. 어쨌든 그때 하지영 선생님 눈두덩이에 남은 건 참외'씨'만 한 상처였다.

쿵푸 팬더처럼 진한 화장을 하게 만든 상처가 생긴 건 오 년 전이었다. 그해 여름, 하지영 선생님은 오랜만에 만난 대학 동창들과 제부도로 놀러 갔다. 바닷가 조개구이 집에서 저녁을 먹고 있는데 갑자기 불길에 쪼개진 조개껍데기가 눈두덩이로 튀었고, 참외씨만 한 상처 옆에 수박씨만 한 상처를 남겼다. 참외씨와 수박씨 상처를 연이어 얻었지만 하지영 선생님은 켈로이드성 피부라 어떤 의학적 도움도 받을 수 없었고, 결국 진한 아이라인을 그리게 되었다.

하지영 선생님이 아이들에게 들려준 건 참외씨 상처에 대한 이야기만이었다. 두 상처의 진실 중 찌릿한 정전기 감동을 줄 수 있는 것만 골라 말한 건 교사로서 교육적 효과를 고려한 전략적 선택이었다.

정혜연에게도 비밀이 있었다. Y병원 1층 로비에서 허치승이 자판기와 화분 사이에 숨어 지켜보고 있을 때 정혜연은 그 병원에 박용기가 입원해 있는 줄도 몰랐다. 정혜연이 Y병원에 온 건 과외 선생님 때문이었다. 과외 선생님이 갑자기 교통사고를 당했다고 연락이 왔기에 문병을 온 거였다. 물론 과외 선생님을 걱정해서 온 건 아니었다.

"시험이 코앞인데 이제 와서 학원에 등록할 수도 없고, 새 선생님을 구할 수도 없고. 어쩌란 말이야?"

정 안되면 병원에서라도 과외를 받을까 싶어, 과외 선생님의 정확한 상태를 알아보려 일부러 시간을 낸 거였다. 정혜연이 마른세수를 하며 심각한 얼굴을 한 건 과외 선생님의 상태가 꽤 안 좋았고, 시험을 앞두고 세운 계획에 많은 수정을 해야 했기 때문이었다.

'어쩔 수 없어. 이번 시험은 나 혼자 준비해야 돼.'

걱정은 됐지만 결론은 하나였다. 정혜연은 언제나 상황을 잘 살펴 빠르게 판단을 내렸다. 하지만 그날 가까운 곳에서 자기를 살피는 눈동자에 대해서는 알지 못했다. 아주 잠시나마 박용기의 여친으로 오해받고 있을 거라고는 꿈에서도 생각하지 못했다.

가장 많은 오해를 받는 것에서 박용기를 따라올 사람은 없었다. 박용기는 상속자가 아니었다. 십삼 억 상속설은 중학교 2학년 아이들의 부족한 경제 개념과 관계있었다.

"우리 아버지 대기업 사장 아니야. 회사 자산 규모도 십삼 억 정도밖에 안 된다 하던걸."

박용기는 누구에게도 상속자란 말을 한 적이 없었다. 늦둥이 아들에게 유명 브랜드 옷을 사 주시는 부모님 때문에 본의 아니게 부자로 오해받는 것에 대해 이렇게 해명했을 뿐이었다. 사장이라도 회사 돈을 맘대로 쓸 수 없다는 걸 아이들은 제대로 이해하지 못했고, 그 모든 말 중에서 오직 십삼 억만 남아 이상한 방향으로 소문이 퍼졌다. 박용기의 잘못이라면 그 소문을 바로잡을 수 있을 때 하지 않은 거였다. 곰곰이 생각해 보니 경제적으로 여유 있는 편이라 아주 틀린 소문은 아닌 것도 같았다. 중학생이 되면서 자연스럽게 찾아든 허영심이 부추긴 결과였다.

허치승 일당의 괴롭힘을 마냥 당하고 있었던 건 결코 박용기가 국가 대표 지질이라서가 아니었다. 박용기는 다만 '숙제'를 하고 있었다. 박용기는 초등학교 시절에 허치승을 많이 괴롭혔다. 돌이켜 보면 왜 그랬을까 싶을 만큼 딱히 이유 없는 행동이었다. 허치승 일당이 괴롭혀도 참은 건 그때 얻은 마음의 빚을 갚기 위함이었다. 숙제를 하듯 괴롭힘을 참아 냈지만 가끔은 참기 힘든 순간들이 있었다. 그럴 때면 문득 이런 행동이 허치승을 더 나쁘게 만드는 건 아닐까, 허치승도 나처럼 마음의 빚을 얻는 것은 아닐까 회의가 들었다. 박용기는 숙제에 대해 하지영 선생님에게만 정확하게 이야기했는데 선생님도 그런 어리석은 생각이 어딨느냐며 꾸중하셨다. 그제야 박용기는 숙제를 할 필요가 없었음을 깨달았다.

허치승, 오재열, 김재빈이 병실로 사과하러 왔을 때 오재열은 유독 제3의 아이가 누구냐며 캐물었지만 박용기는 빙그레 웃기만 할 뿐 대답하지 않았다. 박용기의 반응은 2학년 4반 아이들을 혼란에 빠지게 만들었다. 하지만 박용기가 웃었던 건 정말 몰랐기 때문이었다. 제3의 아이를 만든 건 하지영 선생님이었다. 누군가를 괴롭히는 일이 평생 동안 후회되는, 가슴 뜨끔하게 아픈 일이란 걸 알려 주기 위해서였지만 그런 심오한 뜻을 간파한 사람은 아무도 없었다. 박용기마저도 하지영 선생님에게 제3의 아이가 누구냐고 물었으니까.

숙제의 의미를 정확하게 이해한 하지영 선생님도 박용기가 트럭이 달려오는 도로로 뛰어든 이유까지는 결코 알지 못했다. 도대체 왜 그랬느냐고 부모님이, 경찰이, 하지영 선생님이 물었을 때 박용기는 어떤 대답도 하지 않았다. 사실 박용기가 뛰어든 건 책상 서랍에 넣어 둔 구깃구깃한 낙서 종이가 생각났기 때문이었다.

박용기는 편의점에서 빵 다섯 개와 음료수 세 개 그리고 손바닥만 한 축하 카드 한 장을 샀다. 편의점을 나온 박용기는 고개를 숙여 카드의 하얀 지면을 보며 여기다 무슨 말을 쓸까 고민에 빠졌다. 며칠 후에 김진희의 생일이 있었고 박용기는 선물로 향수를 사 두었다. 김진희와 만나면서 말이 잘 통한다는 느낌을 받았고 이참에 선물을 전하면서 고백할 계획이었다.

'김진희 생일 축하해. 절친 용기가.'

'추카 추카. 미래의 보이프렌드가.'

마음을 자연스럽게 전하려면 어떤 말을 써야 할까, 글씨도 엉망인데 어쩌나, 하다가 불현듯이 종이 생각이 났다. 박용기는 며칠째 악필 교정을 위해 A4 용지에 김진희를 향한 사랑의 마음을 또박또박 연습하고 있었다. 그런데 아침에 학교에 와서 보니 '널 처음 본 순간 가슴이 쿵 떨어졌어', '용기 안에 진희 있다' 등등 닭살이 백만 개 오를 문구들이 적힌 종이가 어쩐 일인지 가방 속에 들어 있었다. 집 안 책상 위에 놓여 있어야 하는데……. 곰곰 생각해 보니 전날 밤 늦게까지 과학 숙제를 하고 나서 가방을 챙겼는데 그때 같이 딸려 온 것 같았다. 박용기는 몰래 종이를 꺼내 책상 서랍 안에 깊숙이 넣고 손으로 구겼다. 시간을 봐서 휴지통에 버려야지 했지만 기회를 찾지 못했다.

닭살이 백만 개 오르건, 천만 개 오르건 이성을 향한 고백이 나쁜 것은 아니었지만 박용기가 정신을 못 차릴 만큼 놀란 이유는 교실을 나오기 직전에 오재열이 마지막으로 던진 질문 때문이었다.

"박용기, 혼합물 화합물 종류 조사해 왔냐? 오늘 25일이니까 아무래도 5번대 걸릴 것 같은데……."

박용기는 교실 문을 빠져나오느라 미처 대답하지 못했지만 오재열이라면 멋대로 책상을 뒤질 확률 100퍼센트였다. 혹시라도 오재열이 과학 공책을 꺼내려다 낙서 종이를 본다면? 자신만 개망신을 당하는 게 아니라 김진희까지 놀림거리가 될 거였다. 아직 싹트지도 못한 관계를 이렇게 망치는 건 아닌가 하는 걱정으로 입안이 바싹바싹 타들어 갔다. 그래도 침착하게 도로의 양방향을 확인했다. 저 멀리서 트럭 한 대가 오고 있을 뿐이었다. 불과 몇 초만 있으면 파란 신호로 바뀔 거였지만, 마음이 급한 박용기는 그 짧은 시간조차 기다릴 여유가 없었고 빵 셔틀로 다져진 내공을 믿어 보자 생각했다. 하지만 망설인 시간만큼 트럭이 가까이 왔고, 신호가 바뀌기 전 지나가려고 가속 페달을 밟은 트럭 운전사의 사정까지는 알 수 없었다. 박용기는 의식을 잃기 직전 마지막으로 그런 생각을 했다. 들키면 안 되는데…….

김진희를 향한 사랑이 듬뿍 담긴 박용기의 낙서는 다행히 들키지 않았다. 오재열이 박용기의 책상 서랍에 손을 넣으려는 순간 이영찬이 오늘 24일이야, 하고 말했기 때문이다.

용기가 없는 일주일 내내 2학년 4반에서는 제3의 아이가 누굴까에 대해 수런거렸지만 시간이 가면서 잠잠해졌다. 하지만 아이들은 문득문득 그때 일을 떠올리며 자신이 제3의 아이였을지 모른다고 생각했다. 그럴 때면 가슴이 따끔따끔거렸다.

작가의 말

이 이야기는 어떤 모임에서 중학생 남자아이의 사연을 듣고 구상하게 되었어요. 한 남자아이가 엄마에게 이렇게 물었다고 해요.

"엄마, 우리 학교에 아무도 상대하지 않는 심각한 왕따가 있는데 나라도 그 애의 친구가 되어 줄까?"

아이 엄마는 대수롭지 않게 대답하지요.

"얘, 관둬. 그러다 너까지 왕따당할라."

그날 밤 남자아이는 스스로 생명을 끊었다고 해요. 네, 그 아이가 바로 왕따의 주인공이었던 거예요.

사연을 듣는데 온몸에 소름이 쫙 돋았어요. 모임이 끝나고 집으로 오는데 걷잡을 수 없이 추웠지요. 갑자기 기온이 내려간 늦가을의 날씨 탓만은 아니었어요.

그 뒤 문득문득 서늘한 눈동자의 남자아이 얼굴이 떠올랐어요. 그 아이의 절절한 외로움에 대해 말하고 싶어졌고 글을 쓰기 시작했지요.

이야기 속에 나오는 2학년 4반 아이들은 참 못됐어요. 박용기라는 아이를 이용하고 뜯어먹고 무시하지요. 그 한 명에게 모든 미움과 분노를 쏟아 버리지요. 그런데 선뜻 저런 애들이 어딨어, 하고 말할 수 없는 것이 현실이에요. 뉴스를 통해서 접했던 여러 왕따 사건들은 이보다 더 끔찍했으니까요.

이유나 결과에 상관없이 왕따는 공정하지 못한 게임이에요. 한 명 대 다수의 싸움을 누구도 옳다고 주장할 수 없으니까요.

옳지 못해도, 이미 벌어지고 있는 일이니까 어쩔 수 없다고 말하는 친구들도 있을 거예요. 그런데 그렇게 당하는 사람이 '나'라면 어떨까요? 그래도 이 공정하지 못한 게임을 계속할 수밖에 없다고 말할 수 있을까요?

용기가 없는 일주일 동안 2학년 4반에서는 용기를 괴롭힌 세 명 중 확실한 두 아이 말고 나머지 한 명, 제3의 아이를 찾아야 했어요. 누구라도 제3의 아이가 될 수 있는 상황이었지요. 그 과정에서 아이들은 알게 됐을 거예요. 내가 했던 작은 행동이 누군가에게는 큰 상처가 될 수도 있다는 것을……. 물론 그 깨달음 하나로 아이들이 엄청나게 많이 변하리란 기대는 하지 않아요. 하지만 때때로 찾아오는, 가슴 따끔한 통증만은 오랫동안 간직할 거라 믿고 싶어요.

이 글을 쓰는 내내 너무 일찍 세상을 떠난, 사연 속의 남자아이를 떠올렸어요. 환하게 해가 떠오르는 아침을 기다릴 수 없을 만큼 절박했던 고통에 대해서도 생각해 봤지요. 어쩌면 이 글은 삶의 마지막 순간까지 외로웠을 소년에게 바치는, 무능력한 어른의 반성문일지도 모르겠어요. 바라건대 여러분도 그렇게 읽어 주셨으면 좋겠어요.

2015년 초여름에

정은숙

창비청소년문학 67
용기 없는 일주일

초판 1쇄 발행 • 2015년 6월 19일
초판 19쇄 발행 • 2024년 7월 10일

지은이 • 정은숙
펴낸이 • 염종선
책임편집 • 김선아
펴낸곳 • (주)창비
등록 • 1986년 8월 5일 제85호
주소 • 10881 경기도 파주시 회동길 184
전화 • 031-955-3333
팩시밀리 • 영업 031-955-3399 편집 031-955-3400
홈페이지 • www.changbi.com
전자우편 • ya@changbi.com

ISBN 978-89-364-5667-2 43810

* 책값은 뒤표지에 표시되어 있습니다.

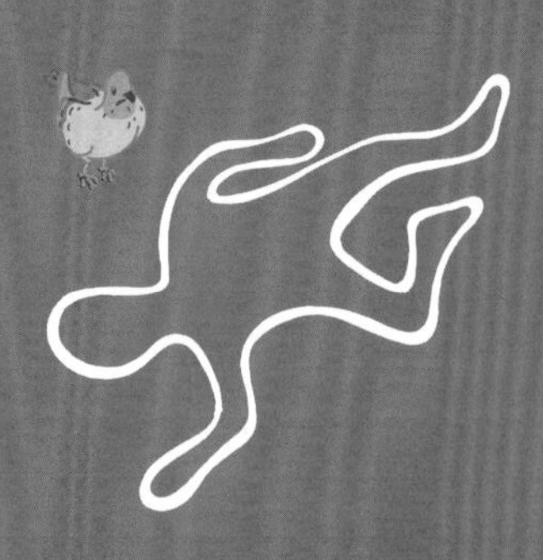